Eugenio Cambaceres

I0649137

MÚSICA
SENTIMENTAL

- STOCKCERO -

Cambaceres, Eugenio.
          Música sentimental : silbidos de un vago.
          – 1a. ed. – Buenos Aires : Stockcero, 2005.
          120 p. ; 22x15 cm.

          ISBN 987-1136-28-5

          1. Narrativa Argentina. I. Título
          CDD A863

stockcero.com
Viamonte 1592 C1055ABD
Buenos Aires Argentina
54 11 4372 9322
stockcero@stockcero.com

Eugenio Cambaceres

MÚSICA SENTIMENTAL
(Silbidos de un vago)

Indice

Eugenio Cambaceres

I

El "Orénoque", de la compañía Messageries Maritimes, acababa de fondear frente a Pauillac con cargamento general de mercaderías humanas procedentes del Río de la Plata y escalas del Brasil.

Lotes de pueblo vasco, hacienda cerril atracada por montones, en tropa, al muelle de pasajeros de Buenos Aires, diez o quince años antes, con un atado de trapos de coco [1] azul sobre los hombros y zapatos de herraduras en los pies.

Lecheros, horneros y ovejeros trasformados con la vuelta de los tiempos y la ayuda paciente y resignada de una labor bestial, en caballeros capitalistas que se vuelven a su tierra pagándose pasajes de primera para ellos y sus crías, pero siempre tan groseros y tan bárbaros como Dios los echó al mundo.

Surtido de portugueses y brasileros alzados en Río, Bahía y Pernambuco. Gentes blandujas [2] y fofas como la lengua que hablan.

Pasan su vida a bordo descuajados [3] sobre asientos de paja, comiendo y vomitando mangos y, aunque entre ellos suele haber uno que otro que medio pasa [4], en cambio, la casi totalidad enferma es vulgar, dejada y sucia.

Cuestión de sangre y cuestión de temperatura.

Tenderos franceses y almaceneros españoles en busca de sus respectivas pacotillas [5].

Media docena de arrastradas [6], albañales de detritus humanos.

Y, por último, uno que otro particular decente que, solo o con su familia, viaja por quehacer o diversión.

Toda esta masa híbrida del gusano—rey se agita, se codea, se empuja y se agolpa confundida por entre altos de baúles y maletas, en una atmósfera de entrepuente, amasada con peste de bodega, aceite rancio de máquina y agrio de sudor.

Es que acaba de oírse el silbato de la lancha a que van a ser pasados para llegar a Burdeos y nadie quiere quedarse atrás, lo que no importa, por supuesto, que nadie llegue primero.

1   *Coco*: tela de algodón muy resistente, generalmente se usa para confeccionar banderas
2   *Blanduja*: despectivo por blanda
3   *Descuajado*: literalmente arrancado de raíz; quizás el autor quiso decir *descuajaringado*, desunido, desvencijado, relajadas las partes del cuerpo por efecto del cansancio.
4   *Medio pasa*: resulta medianamente pasable (aceptable)
5   *Pacotilla*: derivado de *paca*, se aplica a la porción de efectos que se permite llevar a los pasajeros como equipaje libre de pagar flete
6   *Arrastrada*: fam. prostituta

Entre los presentes estoy yo y está el héroe de mi cuento.

¿Quién es?

En globo [7], uno que va a liquidar sus capitales en ese mercado gigantesco de carne viva que se llama París.

En detalle, un hombre nacido en Buenos Aires; ha heredado de sus padres veinte mil duros de renta y de la suerte un alma adocenada y un físico atrayente.

En buenas manos, habría tenido, acaso, nociones de generosidad y de nobleza, talentos posibles a veinticinco años, sobre todo cuando se nace de pie, se va viviendo sin la lucha por la vida y se aprende honradez y dignidad como un adorno, como se aprende equitación o esgrima, sin que cueste.

Mezcla de criolla con sangre pura bretón, el cruzamiento había dado un ejemplar mestizo notable por la belleza robusta de las formas del norte bronceadas al fuego del mediodía.

Pablo podía, en suma, llegar a ser lo que se llama en el *argot* de los bajos fondos mundanos donde iba a zambullirse de cabeza, un tipo a *toquades* [8].

Nos trasbordamos:

—Venga a almorzar conmigo –le dije.

—¿Adónde?

—Abajo.

—¡Hum!... me parece más prudente esperar a que lleguemos a Burdeos.

—No tenga miedo; en Francia, hasta los zonzos saben comer.

—Es que yo quisiera ver esto –insistió, señalando las costas del río.

—Lo que esto tiene que ver es el vino que produce y el vino se ve en la mesa. En cuanto al río –proseguí–, es un pedazo del Paraná, angosto y con agua sucia. Se diría que necesitando tierra, aquí donde ya no caben, le hubieran revuelto el fondo al apretarlo.

Desprendidos del trasatlántico, habíamos andado apenas pocas millas, cuando un chaparrón como baño de lluvia, de esos que se desgajan de golpe, puso en derrota a la distinguida concurrencia, precipitándola puente abajo hasta el *trou* [9] disfrazado con el pomposo nombre de cámara donde Pablo y yo nos encontrábamos y donde, con aquella invasión de bárbaros, vinimos a quedar como unos encima de otros.

—Sabe –me decía mi compañero entre una docena de ostras y una botella de Chablis que nos vimos obligados a tragar de perfil, no pudiendo hacerlo de frente–, que el vehículo este estaría bueno, cuando más, para las alturas de Goya o la Asunción, pero que ¡no se explica entre gente que tiene fama de entender la biblia!

—Precisamente porque estos la entienden mejor que nadie y son muy prácticos, mi querido señor, es que no nos tratan como a cristianos, sino que nos echan a tierra en cuenta de bestias, metidos en una especie de chiquero viejo. Hace veinticinco años que experimenté por primera vez el sistema y

7   *En globo*: globalmente, a grandes rasgos, sin entrar en detalles
8   *A toquades*: con manías, chifladuras
9   *Trou*: literalmente agujero; madriguera, ratonera

debo declarar en honor a la verdad que han tenido el talento de conservarlo religiosamente intacto. Ni una silla en que poder sentarse, ni una lona sobre cubierta, ni un palmo de aire potable en esta cueva infecta y sofocada. Pero, ¿qué se le importa a la empresa del pasajero con quien trafica y de sus anchas, si no le han de pagar un medio más, ni ha de recibir por eso un medio menos? Llega usted, téngalo entendido y no lo olvide para su gobierno, a la tierra donde los hombres andan a la cabeza de los demás; donde, desde el lujo que halaga la vanidad, hasta el agua que apaga la sed, todo en el comercio de la vida, se reduce a un problema de aritmética cuya más simple expresión es la siguiente: sacar el quilo [10] al prójimo, esquilmarlo, explotarlo, quitarle hasta la camisa, si es posible, con esta sola limitación: guardar las formas, es decir, manejarse de manera que no tenga derecho a terciar la policía, deslinde de la honradez individual; donde los más nobles impulsos, las necesidades más íntimas del corazón y del alma, el hogar, la familia, se convierten en un asunto de plata que irrita; donde se llega hasta decir: Fulano ha hecho un magnífico negocio, se ha casado con tantas mil libras de renta, aunque esas tantas mil libras de renta vengan a ser el precio de su porvenir y de su vida indecentemente vendidos a un ser enfermizo y ruin y de ese pacto monstruoso salgan hijos escrofulosos [11] y raquíticos. Pisa usted, en suma, la latitud del globo, donde más echada a perder está la cría. ¿Por qué? ¿tiene acaso ella la culpa, lleva en sí, más que otra cualquiera, el germen del vicio, causa de su propia corrupción? No, sin duda. Es un fenómeno perfectamente natural y perfectamente lógico. La población se amontona hasta estorbarse; el exceso mismo del progreso trae aparejada la más cruel dificultad en los medios de existencia —sólo el *lazzarone* [12] y el paria se conforman con vestirse de andrajos y alimentarse de cáscaras—, aferrado a la vida por instinto y a la vida sin privaciones ni miserias, pedir, entonces, al hombre que viva para los demás es un absurdo. ¡Feliz cuando consigue a duras penas vivir para él mismo! De ahí que no dé nada, si nada le dan a él y que, dando uno, quiera agarrarse mil; de ahí el imperio de un egoísmo absoluto; de ahí la relajación moral; de ahí la degradación de la especie, tanto más grande y más completa, cuanto mayor es el grado de civilización que se alcanza. Ahora, repróchele, si se atreve, al pueblo francés ser el primer pueblo del mundo... Lormont —dije después de un silencio, mirando afuera por el tragaluz que tenía en frente—, nos faltan diez minutos de camino. Subamos si quiere ver la entrada del puerto y el aspecto de la ciudad.

Esa misma tarde tomé el rápido y, después de zangolotearme [13] infamemente toda la noche sin conseguir pegar los ojos, acaso porque alquilé un *sleeping–car*, o sea, carro al uso personal de los que quieren dormir, llegué a las cinco de la mañana a París.

10 *Quilo*: sustancia en que se convierten los alimentos en el estómago. *Sacarles el quilo*, hacerles vomitar su interior.
11 *Escrofuloso*: quien padece escrófula, tumefacción fría de los ganglios linfáticos, generalmente cervicales, acompañada de debilidad y predisposición a la tuberculosis
12 *Lazzarone*: vagabundo
13 *Zangolotear*: mover contínua y violentamente algo

II

Pocos días después, recibí la visita de Pablo:

—Vine anoche –me dijo– y mi primera salida ha sido para usted. El deseo de saludarlo, primero, y luego, no se lo quiero ocultar, me trae también un sentimiento mezquino de egoísmo. Ando literalmente boleado. El ruido, la confusión, la gente, el tumultuoso vaivén de este maremagnum, me han aturdido hasta azonzarme. No sé qué rumbo agarrar y tengo miedo de enderezar por donde no es comida. Estoy, en una palabra, hecho un bodoque[14] arribeño [15] que sueltan, como nuevo en Buenos Aires. En tan fieros aprietos, vengo a pedir a usted, hombre práctico, que me tienda una mano protectora, que me haga el servicio de endilgarme [16] en este infierno.

—Es decir que pretende usted poner a contribución mis conocimientos en el ramo, ¿no es así?, ¿quiere que lo *ciceronee* ? No veo en ello inconveniente. Y para probarle toda mi buena voluntad, entro inmediatamente en funciones. Desde luego, mi buen señor, tiene usted una figura imposible: zapatería de Fabre, sastrería de Bazille, sombrerería de Gire –agregué, hurgándolo de la cabeza a los pies–. Muy correcto en Buenos Aires; pero aquí, donde uno es siempre lo que parece, no cuela [17], raya [18] con eso... y si pretende hacer camino, es de necesidad urgentísima que se mande cambiar de forro cuanto antes.

—Ya está; deme las señas y me largo instantáneamente.

—Lárguese enhorabuena, primero, a lo de Alfred, avenida de la Opera. Le harán pagar más caro que en cualquiera otra parte, pero, en cambio, después de probarle la ropa diez veces, le vestirán peor.

—Si es así, no veo que valga la pena...

—Al contrario, vale la pena y mucho. Sobre el mérito del artículo, está el nombre de la casa y la *réclame* [19] consiguiente. Es de rigor. Vaya, luego, a lo de Charvet, rue de la Paix; se encontrará con un camisero conveniente. En seguida, a lo de Pinaud, sombrerero y, por último, lléguese por la zapatería de Galoyer, boulevard des Capucines. Le fabricarán unas chatas blindadas de cua-

14 *Bodoque*: literalmente una bola hecha con barro y endurecida al aire, que se tiraba con ballesta. Usase para designar a alguien con poco talento.
15 *Arribeño*: así llaman los habitantes de las costas a quienes recién llegan de las montañas. Recién llegado.
16 *Endilgar*: dirigir, acomodar, facilitar, encaminar
17 *Cuela*: de colar, hacer pasar algo con engaño o artificio
18 *Raya*: de rayar, tachar, marcar para eliminar
19 *Réclame*: en Francés, anuncio publicitario

tro suelas y varias toneladas de porte, sistema inglés. Cálceselas aunque le queden nadando. Entre esta gente es de muy buen tono ser patón [20] porque el príncipe de Gales es patón. Póngase, como quien dice, en compostura y después vuelva a verme que yo me encargo del resto. ¡Ah! me olvidaba decirle que trate [21] un *coupé* y alquile un *appartement*. En el boulevard Haussmann, a la altura de la Opera, los hay habitables por mil francos mensuales, más o menos.

20 *Patón*: dícese de quien tiene los pies desproporcionadamente grandes
21 *Tratar*: contratar

III

No se lo hizo decir dos veces. Así que hubo salido de manos de los referidos industriales, el joven Pablo se me presentó pelechado[22].

Su individuo trasudaba, es cierto, un quién sabe qué a flamante, un falso aire de tienda de tapicero o casa recién puesta. Dorados y barnices que están diciendo a gritos: aquí hay plata, pero falta el roce del uso que deslustra, las arrugas de la costumbre que quitan el olor a *parvenu*.

La verdad, no obstante, sin pretender pedir peras al olmo, es que estaba confesable [23]:

—¿Por dónde empezamos?

—Por esto.

Y tomando una pluma, escribí:

"Loulou:

"Te mando un *coupon* de *avant–scène* para esta noche en el *Palais Royal*.

"Lleva contigo a Blanca, p. ej.

"A mi vez, estaré yo en la orquesta con uno de mis paisanos.

"Iremos después al *cabaret*, etc.

"Tuyo."

Madame L. de Préville, puse en el sobre, *rue Delaborde, 4.*

22   *Pelechado*: dícese de la cría de los animales cuando echan el primer pelo o pluma
23   *Confesable*: metáf. aceptable, pasable; lit. que cumple los requisitos para que se le acepte la confesión,

IV

E l teatro empezaba de despertar de su sueño de veinte horas en un ambiente mohoso de encerrado, para presenciar por la centésima vez la representación de la misma farsa.

La vieja araña colgada del cielo raso, con sus picos a media fuerza y sus facetas de vidrio pardo, lo bañaba en una semiluz polvorienta y avara que blasfemaba con el oro de un decorado de cargazón.

Las capas de arriba se hallaban repletas ya de blusas y de cofias, público de franco y medio que, por no perder una coma de lo que empieza a verse a las ocho, hace cola en la calle desde las cuatro. Grupos de hombres y mujeres entraban a su vez y ocupaban sus asientos en la platea, balcones y palcos, mientras los de la orquesta, con sus caras demacradas de *abrutis* [24], templaban el instrumento, compañero de miserias, ganapán del oficio, para una de esas musiquitas canallas como la índole del espectáculo a que sirven de preludio.

—No comprendo –exclamaba Pablo mirando de arriba abajo–, cómo estos teatros tan chicos llegan a costearse pagando artistas de primer orden.

—Es, sin embargo, bien fácil de comprender. ¿Cuántas personas cree Vd. que caben aquí?

—Quinientas, cuando más.

—Se equivoca: mil.

—¿Mil? ¿dónde, cómo?

—De una manera muy sencilla: metiendo dos donde apenas hay lugar para uno. Usted se ahoga, le falta el resuello, no puede ni rascarse, tiene que pasárselo en cuclillas y tieso como palo a pique para no invadir al vecino sometido al mismo régimen disciplinario. Pero eso no importa un zorro; es fuerza que los dos quepan y caben. ¿El lado higiénico y moral de la cuestión? Saque el cuadrado y el cubo. Divida, luego, entre el número de presentes y le resultará esto: alrededor de media vara de aire por cabeza, es decir, lo suficiente para que uno reviente como en camareta. Pero, ¿se le ocurrirá decir a usted, aquí, entonces, no hay policía ni un demonio, cada cual hace lo que se le antoja? ¿Policía? Sí, señor que la hay, y la mejor policía del mundo, *s'il vous plaît*. Solo que, arriba de la policía, de la higiene, de la salud y de todo, está la explotación de marras. Es un rasgo del carácter nacional, *voilà tout*. No vaya a figurarse, por otra parte, que los elencos cuestan un negro con pito y todo [25], ni que se va a

---

24 *Abrutis*: (fr.) embrutecidos
25 *Costar un negro con pito y todo*: resultar muy caro

encontrar usted con cómicos de talla. Hago, bien entendido, excepción de dos o tres escenas, de la *Comédie Franaçaise,* sobre todo, templo consagrado al arte. Aquello ya no es farsa, es verdad. Allí no se miente, se siente. No es la inteligencia que produce, confiada a la inteligencia que traduce. No es Augier[26] en manos de Coquelin [27]; no es el personaje de la comedia, obra fecunda de la fantasía. Cito al acaso: es el hermano de la Aventurera, es Aníbal el que agarra una botella vacía que está llena, va bebiendo hasta vaciarla y acaba por emborracharse y por dormir la borrachera con la plácida beatitud de los borrachos. No es Corneille en boca de Agar[28] que recita el *Horacio.* Es la encarnación misma de Camila [29] abatida por la pena la que se yergue terrible al oír el nombre aborrecido de Roma y, loca de dolor por la muerte de su amante, lanza contra su patria la tremenda imprecación. Se ve, se oye, se palpa, se siente vivir de veras y queda en el alma, sacudida hasta adentro por la fuerza de la emoción, la impresión profunda que sólo es capaz de grabar en ella el sello imponente de la verdad. No hablo, pues, de la casa de Molière, donde, para entrar, me saco el sombrero. Me refiero a los teatros llamados de *genre.* Aparte media docena de *routiers,* especialistas del ramo que divierten porque sí, los otros no pasan de ser unos farsantuelos minúsculos, unos tristes *cabotins.* El personal femenino tampoco vale caro, que digamos. Para esas señoras, el arte no es una carrera, sino un medio de hacer carrera; el teatro una feria y el proscenio una barraca de saltimbanquis, un mostrador donde exhiben desnuda su mercancía que venden a la mejor postura y dinero de contado. Rodeadas del prestigio de la escena, *poudre aux yeux à l'adresse* de novicios y mentecatos, atmósfera de artificio donde el gas y la pintura tapan hasta los hoyos de las viruelas, vienen aquí a buscar hombres, como las otras de su misma estofa, tan degradadas como ellas, pero más feas, más brutas, o más sin suerte, tienen su mercado en los veredones del *boulevard* o en los fondos de barro de los lupanares, donde bajan en procura de una pieza de cinco francos. Sí señor, esa es la escala y, repito, salvo pequeñas excepciones, unas pocas mujeres de corazón y de talento, en los teatros de París no hay artistas sino plumas.

Entretanto había subido el telón y empezaba la pieza, *La Boule* o sea *Le Moine* (el fraile) que así también llaman en Francia al brasero con que calientan las camas.

Incompatibilidad de humor entre un marido y su mujer, reyertas diarias por quítame allá esas pajas, pleito en separación, y de ahí, una carga grotesca, sin chispa, sin gracia, sin espíritu, salpicada de propósitos sucios.

La mujer quería, a toda fuerza, dormir con un fraile. El marido, por su parte, no podía soportar la vecindad de los frailes y, naturalmente, se apresuraba a protestar indignado.

26 *Augier*: Emile (1820-1889) Dramaturgo francés, autor de comedias de costumbres
27 *Coquelin*: Benoît-Constant (1841-1909), actor de la Comédie Française
28 *Agar*: (Marie) nombre artístico de Marie Léonide Charvin (1832-1891), actriz de la Comédie Française
29 *Camila*: hermana de Horacio y prometida de uno de los Curiacios, campeones por la ciudad de Alba en su lucha contra Roma, a quien Horacio había asesinado.

Bastante caliente era él de por sí, sin necesidad de un fraile en la cama para calentarlo...

Ese era el tono, el calibre de aquella turpitud, sin que, para remachar el clavo, faltara tampoco la sal de cocina de las pantomimas inglesas, las payasadas de circo, empujones, sombreros abollados y ropa revolcada.

Una *ordure* [30], en fin, al paladar de cierto público parisiense *pur sang,* que es el público más *badaud* [31] y, agrego, más francamente idiota de todos los públicos conocidos.

El palmoteo de la *claque* [32], esa otra maldición de los teatros franceses, cargante como el repiqueteo de las matracas, se mezclaba a los:

¡Oh! ¡oh! *Très drôle* [33]!

Epatant [34]! de los *ramollis* [35] de la orquesta y a las risotadas del público saboreando unas de las escenas más cochinas del repertorio, cuando entraron tres mujeres al primer *avant–scène* [36] bajo de nuestra derecha.

—¿Las conoce? —me preguntó Pablo.

—Sí. Una de ellas, la de atrás, esa con la cabeza blanca de canas, peinada en bucles a la antigua usanza, vestida de ropas sombrías, el aspecto severo, el aire reservado y digno, cuya figura se destaca apenas entre la luz borrada del fondo del palco, donde acaba de sentarse, parece, de lejos, cosa que vale, ¿no es cierto? Se diría una reliquia de la vieja raza francesa, noble esa y pura, en medio de sus preocupaciones necias de sangre. Ni tal. Acérquesela con el anteojo. Entre una espesa capa de magnesia y colorete que esconde las grietas de un pellejo entumecido por el vicio, verá dos ojos abotagados y turbios como clara de huevo clueco [37] y una boca cuyos dientes de fuina[38] y cuyos labios amoratados y trompudos, están revelando toda la grosería carnal de la bestia envejecida en cuarenta años de orgías. En sus buenos tiempos, la llamaban Rigolblague[39]; hoy se deja decir la señora de Preville.

—¿Madre de la de la carta?

—Postiza. En el hecho, su comodín. Algunas gastan ese lujo, ese género de parentela al servicio de los recién llegados. Alquilan una madre como se alquila un mueble, una yunta de caballos, y la muestran a la distancia, desde el *coupé* [40] en el bosque, desde la baignoire [41] en el teatro. Es una manera como otra de *faire l'article* [42]. Eso les da cierto *cachet* [43], las *pose* [44] en hijas de fa-

---

30 *Ordure*: (fr.) ordinarez
31 *Badaud*: (fr.) mirón
32 *Claque*: (fr.) grupo de personas a quienes se les paga para aplaudir en los teatros
33 *Très drôle*: (fr.) muy gracioso
34 *Epatant*: (fr.) admirable, maravilloso
35 *Ramollis*: (fr.) reblandecidos, devenidos imbéciles
36 *Avant–scène*: (fr.) palcos delanteros del teatro que dan sobre el escenario
37 *Clueco*: viejo e impedido (de clueca, la gallina cuando empolla)
38 *Fuina*: *Martes Foina*, garduña, mamífero similar a la marta (Martes martes)
39 *Rigolblague*: (fr.) cuentacuentos, de *rigoler*, divertir y *blague*, mentira divertida y tramposa
40 *Coupé*: (fr.) carruaje cerrado de cuatro ruedas, habitualmente de dos plazas
41 *Baignoire*: (fr.) galería de los teatros
42 *Faire l'article*: (fr.) literalmente hacer el artículo, alabar, dotar de importancia
43 Cachet: (fr.) marca distintiva de clase elevada
44 *Pose*: (fr.) ubica

milia y el *truc* [45] produce diez o veinte luises más.

Recursos de *mise en scène,* cábulas [46] del oficio. Entre las otras dos, elija. La negra circula con el nombre de Loulou y es hija del azar. Un antojo a la llama del gas en el entresuelo de *restaurant,* o un instante de abandono a ojos cerrados, rápido como la dicha que se roba, en la sombra voluptuosa de la alcoba. Instrumentos de placer, títeres de cuerda, muñecas vivas, París las hace y París las rompe. Brotan del callejón o la bohardilla como esos pastos que crecen entre los adoquines del empedrado, sin que nadie sepa de donde ha caído la semilla. Son un *accroc* [47] de *flirtation* [48], y pasan por la vida sin hacer surco, dejando apenas, en pos de ellas, el recuerdo que deja una hora de locura. Maciza y tosca, vaciada en el molde del que el Tiziano sacó sus Venus, la rubia ha sido engendrada entre dos besos a boca llena, groseros como un pellizco, de esos que no se dan o, mejor, que no se pegan sino en el estrujón casto y brutal de la cama de aldea, después de la bendición del cura. Destinada por Dios a cuidar gansos, un buen día el diablo la tienta. Tira los suecos, echa al hombro el lío, deserta el corral y se larga a hacer fortuna a París donde empieza su carrera de criada con el nombre de Fanchón que le dieron en la pila y treinta francos al mes, la sigue de *cocotte* [49], con diez o quince mil, llamándose Blanche d'Armagnac –es mucho mas *chic* [50] – y acaba por morirse averiada y sin un medio en el hospital, o por ser un ejemplar de "La Morgue". He ahí el sempiterno fin de la sempiterna historia. Ahora que Vd. se las sabe tanto o más que yo, vamos a hablarlas y a concertar con ellas el programa de la fiesta.

Concluido el teatro y suprimida, por supuesto, la señora mayor a quien aventamos en un *sapin* [51] diciéndole: *Vous, allez vous coucher!* [52] nos metimos los cuatro en un *coupé* de dos asientos.

— *Maison Dorée* –mandé al cochero.

45   *Truc*: (fr.) maniobra hábil, objeto útil
46   *Cábulas:* maquinaciones
47   *Accroc*: (fr.) desgarro, retazo
48   *Flirtation*: (fr.) acción de entretener relaciones sentimentales poco profundas
49   *Cocotte*: (fr.) polluela, mujer de vida galante
50   *Chic*: (fr.) hábil, que sabe hacer bien con elegancia
51   *Sapin*: bebida alcohólica a base de ajenjo (Artemisia absinthium) con hojas de abeto (*Abies alba*, Sapin en Francés) maceradas
52   *Vous, allez vous coucher*: (fr.) Ud. vaya a acostarse

V

Pocos momentos después, entrábamos a un cabinet [53] de dicha casa por un pasadizo angosto oliendo a recalentado.

La alfombra era de Oriente. Los muros, el techo y los muebles, entre los que figuraba una otomana ancha y blanda, tapizados de lampás [54].

En un tiempo, todo aquello debió haber sido muy bonito. Pero las manchas pardas de vino y de comida de que se hallaba cubierto el suelo, salpicadas las paredes y chorreados los asientos; el negro de humo de las bujías pegado a los tejidos y al dorado de la madera; el cristal de los espejos rayado a sortija, un *je t'aime* entre una fecha, una *Coralie* y una insolencia; el *défraîchi* [55] de treinta años de servicios escabrosos, en una palabra, imprimía al interior aquel algo del aspecto del coche de alquiler mugriento donde uno entra mirando con recelo y levantándose los faldones para sentarse.

Lo que no impide que Pablo se creyera transportado a un cuento de hadas.

¿Quién, en la edad loca de las ilusiones, deslumbrado por el resplandor fosfórico del mundo, ofuscado por sus fuegos fatuos, no ha pasado por ahí?...

Fiebre de vida, hambre de gozar, he ahí lo que se siente; mujeres que la aplaquen, de ahí lo que se busca; impúdicas que la harten, he ahí lo que se prefiere.

Es que, al lado de la voz imperiosa del instinto, está el grito destemplado y chillón de la vanidad.

Es que el brillo de la impura que se vende, su teatro, su alcoba, su orgía, pueden más en una cabeza de veinte años, que la posesión arrobadora, pero ignorada y oscura, de la virgen o de la matrona que se da toda entera en un abrazo, pero que se da solo envuelta entre las sombras del silencio.

Se sueña con la heroína cuyo nombre, prestigiado por el velo de la mentira en las páginas de la crónica o de la novela, suena en nuestros oídos como la promesa de un mundo de delicias.

Se anhela ir a ella, penetrar en el misterio de su vida, compartir sus horas de extravío, vivir envuelto en el torbellino que la arrastra, verla, quererla, dominarla y tenerla hoy, para dejarla mañana y agregar en seguida otra a la lista y otra después y otras más.

Llega entretanto un día en que el sueño se realiza, en que un puñado de oro abre, como por encanto, las puertas del amoroso santuario donde la dio-

---

53   *Cabinet*: (fr.) gabinete, habitación pequeña
54   *Lampás*: tela de seda similar al brocado, Del latín *lampare*, brillar. El fondo raso destaca el dibujo producido por el juego de tramas.
55   *Défraîchi*: (fr.) desmejorado por pérdida de la frescura original; devenido mustio

sa palpitante y desnuda se muestra encendiendo toda la brutal avidez de los sentidos.

Entonces, se arroja uno jadeante sobre eso que llaman la copa del placer, la agarra y bebe, pero bebe con grosería, empinándola a dos manos y derramando a chorros por entre el borde y los labios lo que no se alcanza a tragar.

Y, en el afán de secarle hasta la borra, se cree que la embriaguez que nos embarga, ese marasmo libidinoso del alma, esa bacanal de la carne, áspera, amarga y deliciosa a la vez, se prolonga eternamente, que el tiempo no transcurre, que aquello no tiene fin.

¡Qué poco dura, sin embargo, y qué caro cuesta!...

El espíritu se embota, el corazón se gasta, el cuerpo se cansa, un negro desencanto se apodera de nosotros y, cuando la reflexión o el destino no nos llevan hacia atrás, no nos vuelven al pasado buscando otra vida en otra fuente, la postración mortal en que caemos, para no levantarnos ya, llega hasta traducirse en el desprecio más profundo por todo lo que es humano, en el más inaguantable hastío de la existencia...

Pablo empezaba, apenas. Lo que quiere decir que no habría dado su noche por un imperio.

Un hombre vestido de rigorosa etiqueta, afeitado, lustroso, limpio y tieso, al través de cuyo aire ceremonioso y glacial asomaba una punta del más refinado cinismo, atributo inseparable del empleo, se presentó tras de nosotros. Era el *maître d'hôtel*.

—¿Qué debo servir a los señores? –preguntó desde la puerta.

Loulou, frente a un espejo, ocupada en tironearse la bata de un vestido a media espalda con un gesto rabioso de mal humor porque la *cruche* [56] de su costurera, decía, la había *fagotée* [57] de una manera absurda, como si ella tuviera algo que tapar, al oírlo, dio vuelta de pronto y, arrebatando de manos del solemne personaje el catálogo impreso de los trescientos setenta y tantos platos de que se compone el repertorio francés:

—Lo que le mande yo –exclamó con énfasis. *Ça me regarde* [58]. Traiga usted ostras para empezar, ostras verdes [59]; luego, un *moc–tortue* [60] del verdadero, se entiende; unas *écrevisses bordelaises* [61]; pollo trufado; *camembert,* frutas y, como vino, Roederer desde el principio hasta el fin.

—¿Qué, no se te ocurre otra cosa? –le pregunté tranquilamente, mirándola de soslayo.

— *C'est tout.*

—Y, sin embargo, te has olvidado del postre.

— *Garçon* ¡pólvora! –dije después con toda calma. Así estamos seguros de reventar.

---

56   *Cruche*: (fr. fam.) estúpida
57   *Fagotée*: (fr. fam.) mal arreglado, mal vestido
58   *Ça me regarde*: (fr.) eso me concierne
59   *Ostras verdes*: del estuario de Marennes-Oléron en la Charente-Maritime Francesa, muy prestigiosas
60   *Moc-tortue*: (fr.) falsa tortuga. Se refiere al invento Inglés del Siglo XVIII *Mock turtle soup*, sopa gelatinosa imitación barata de la auténtica sopa de tortuga verde y que se hace en base a cabeza de ternera y vino de Jerez.
61   *Ecrevisses bordelaises*: (fr.) Camarones (Cambarus spp) a la Bordelesa

Honores fueron hechos por los otros a las ostras y a la sopa en el silencio del primer momento de mesa. Silencio laborioso consagrado al pienso [62] de la bestia; interrumpido sólo por el choque de una cuchara contra un plato, el rechine del cuchillo que lo rasca, el crujir del pan bajo los dientes y algún sorbo plebeyo, acaso, sonando con un ruido gordo de sumidero.

Por lo que respecta a mí, gato escaldado [63], me abstuve, como siempre, limitándome a presenciar las escenas de la noche en una cauta actitud de pasiva prescindencia.

Obedecía a la regla inquebrantable de conducta que me he impuesto.

Hace fecha que no agarro. *Et pour cause.*

Alzarlas, aun bautizadas de artistas a la salida traviesa de un teatro, escalera de servicio, *débouché* [64] de basuras, cloaca por donde corren las inmundicias del lugar, bajarlas en las tabernas y, harto al fin, concluir la noche en sus brazos, aspirar jadeando otros alientos, miasmas de cuerpos ajenos en una atmósfera saturada de corrupción, ¡ni preso!

Conozco el juego, sé lo que cuesta y, con la experiencia que tengo, me doy por satisfecho y me atengo a lo que sé.

Entretanto, pasaron los cangrejos y tocó el turno al pollo.

Aquí, Blanca nos tenía preparada una sorpresa, un párrafo de sentimiento, una escena preñada de afecto y de ternura.

Empujó el plato que acababa yo de ponerle por delante, reculó la silla, se ladeó, se encogió, llevó el pañuelo a los ojos y empezó a enjugar amargo y silencioso llanto.

—¿Qué tienes? –le preguntamos sorprendidos.

—Nada.

—¿Y por qué lloras, entonces?

—Por nada.

—¿Cómo por nada? –insistí–. No se llora sin razón. Veamos, ¿te duele la barriga, te hemos pisado un callo sin querer, te has ofendido porque te he servido mucho capón y crees que he querido con esto llamarte comilona y grosera, te ha saltado a los ojos algún grano de pimienta, o es la mostaza de los cangrejos la que se te ha subido a la nariz?

A todo lo que se sacudía como diciendo: no, mientras acosada a preguntas, concluyó por reventar llorando como un ternero:

—¡Son las trufas que me hacen acordar a mamá!

—¡Acabáramos –exclamé–, *altro* [65] que trufas, es el *champagne* que se te anda paseando por el cuerpo!

—¡Pobre madre querida, pobre víctima! –gimoteaba, entretanto, abismada en su dolor y acompañando la exhalación de sus lamentos con unos ¡hiiiiii! ¡hiiii!... chillones y babosos, que iban poniéndose cargantes más de lo necesario.

62   *Pienso*: porción de alimento (pasto, grano) que se da a los animales de trabajo
63   *Gato escaldado*: persona cuidadosa por haber pasado por esa situación "gato escaldado con leche, ve una vaca y llora"
64   *Débouché*: (fr.) descarga, deyección
65   *Altro que*: (lunfardo) interjección adversativa para significar "no es eso, es otra cosa"

—Pero ¿qué diablos tiene que hacer tu madre mártir con el relleno del pollo? —díjele, al fin, impacientado.

—¡Y, sin embargo, no las podía pasar ni pintadas; fue por dar gusto a papá!

Hasta que, a la larga, creyendo comprender:

—¡Ya caigo! —exclamé—. Tu padre indujo a tu madre a que comiera trufas, tu madre tuvo un empacho, y un cólico, seco probablemente, la llevó a la sepultura en pocas horas, ¿no es eso?

—Sí —dijo haciendo un puchero y suspirando.

—Pero, ¿por qué, qué se proponía ese marido infame, ese hombre Lucrecia Borgia?

—¡Oh! ¡no lo hacía por maldad, el pobre! Era porque decía que mamá se ponía muy amable con él cuando había comido trufas.

Un *salop* [66] seco, largado por Loulou con una mueca de repugnancia, vino, como bofetón en cara hinchada, a inflamar más aún la ya irritada sensibilidad de la otra.

Viendo lo cual y queriendo, por mi parte, evitar un lance desagradable:

—¡Eh! ¡que te estás haciendo la pulcra tú también como si no te conociéramos! —dije a aquella—. Cállate la boca y no seas farsante; respeta su dolor, el culto de la familia, ese sentimiento de las almas nobles.

—Sí —rugió Blanca engreída con mis palabras y *emballée* [67] de nuevo en los vapores del vino, pero agarrando esta vez por otro lado—. ¡Quiero que me respeten, que respeten a mi familia, porque tengo una familia yo, una familia honorable, porque no soy de esas que no se sabe de dónde caen, ni qué madre las parió!

Estos cariños, por supuesto, a *l'adresse* de Loulou, la que saltó como si un bicho malo la hubiera picado.

—*Eh! là bas!* Si es a mí que viene dirigido ese envoltorio, no te voy a hacer esperar por el vuelto, vale más no tener padre ni madre, que tener por padre a un...

—¡Che! ¡che! ¡che! [68] —pensé apurado como parejero [69] que va llegando segundo, aquí se está por armar la grande, ¡intervengamos o nos lleva el diablo!

Y no acabó, porque poniéndole como tapón la mano sobre la boca:

—¡Silencio, si no quieren que llame a un guardia y las haga *flanquer au violon* [70] para que se refresquen las dos y se les pase el entusiasmo! —grité a mi vez, haciéndome yo también el malo y el caliente [71].

De lo que me habría guardado muy bien. Al revés, fue precisamente para evitar que al ruido metiera las narices algún hombre de la policía y nos tra-

66   *Salop*: (fr.) puerco, sucio (como insulto)
67   *Emballée*: (fr.) embalada, puesta a correr aceleradamente
68   *Che*: (arg.) fórmula familiar de tratamiento para llamar, pedir atención o dirigirse a alguien, del vocablo Araucano (Mapuche) *Che*, hombre.
69   *Parejero*: caballo adiestrado para correr carreras parejas (cuadreras, de dos competidores)
70   *Flanquer au violon*: (fr.) arrojar al calabozo
71   *Caliente*: (lunf.) enojado

jera un mal rato, cuentos y enredos con la justicia, caso nada improbable dado el giro que iban tomando los acontecimientos.

Sin embargo, a tan soberano golpe de autoridad, siguió un instante solemne de silencio.

Dos miradas terribles se cruzaron, ásperas como dos arañazos, lustrosas y afiladas como dos chuzas [72] y resollando fuerte y resongando [73] como perros *desapartados* [74], las dos señoras arrugaron el entrecejo, agacharon la cabeza y se sentaron empacadas.

Ahora, tengámoslas un rato en penitencia, me dije tranquilo ya, démosles tiempo a que se les pase la rabia y amiguémoslas después y acabe la fiesta en paz.

Como si tal cosa, pues, seguí conversando con Pablo que, en medio de todo aquello, se había quedado poniendo cara de zonzo.

Y una vez sucedida la calma a la tormenta, serenado el mar de las pasiones, iluminado el horizonte con los colores del arco:

—¿Se proponen ustedes pasárselo poniendo trompa [75] y tan divertidas como al presente? –dije. Sírvanse avisarlo con tiempo. Así verán si somos más bizarros de atrás que de adelante [76]. Bonito ejemplo de francesas me han hecho dar al señor. Han estado ustedes espumantes de espíritu y chisporroteantes de sal. Palabra de honor; si siguen haciéndonos cosquillas en la *bosse* [77] de la alegría, son capaces de hacernos estallar.

Loulou fue la primera en amujar [78]. Lora como caballo de negro [79], en cuanto la castigaron, mosqueó [80]; naturaleza de esas prontas a vaciarse como bolsa de jugador, al primer envide [81] dijo quiero y soltó el rollo [82].

Ahora podía mostrarse al revés; no le quedaba nada adentro.

¿Debía, acaso, haberse preocupado de la cosa, haber tomado a lo serio todas las *balivernes* [83] con que esa *grosse dinde* [84] nos había estado rompiendo el tímpano?

Allons donc! Aquello era idiota, no tenía sentido común, y, en prueba de ello, estaba dispuesta a *en finir*.

Blanca, por su parte, *ne demandait pas mieux*. Sólo que la había herido pro-

---

72   *Chuza*: especie de lanza rudimentaria y tosca
73   *Resongar*: (sic) rezongar, refunfuñar
74   *Desapartado*: (arg.) separado contra su voluntad
75   *Poner trompa*: (lunf.) poner cara de enojado
76   *Verán si somos más bizarros de atrás que de adelante*: expresión que significa "nos verán las espaldas porque nos iremos".
76b *Bizarro*: del vazcuense *bizarra*, bravo, valiente
77   *Bosse*: (fr. fam.) protuberancia en el cráneo, indicadora de alguna aptitud especial
78   *Amujar*: amusgar, echar para atrás las orejas como hacen los animales asustados o antes de atacar
79   *Lora como caballo de negro*: exageradamente pretensiosa
80   *Mosquear*: acusar recibo de un castigo
81   *Envide*: envido en el truco lance del juego que consiste en un reto que un jugador hace al contrario sobre el valor absoluto o relativo de sus cartas
82   *Soltar el rollo*: no guardarse nada para si. En estre caso perder la compostura.
83   *Balivernes*: (fr.) propuestas poco serias
84   *Grosse dinde*: (fr.) pava grande, o sea *pavota*

fundamente eso de que quisieran insultar a su familia, que era una familia de
las más decentes.

Y en las tinieblas pulposas de su encéfalo atascado por el vino, volvía a la
carga con su madre, víctima del atracón de trufas, agregando que razón tenía para desesperarse y llorar, que, a no ser por esa desgracia horrible, no sería ella lo que era, ni estaría donde estaba.

—Claro –apoyé–, te quedaste sin la brújula de tu madre y agarraste mal
rumbo y te perdiste.

—Sí, quedé huérfana a los trece años –exclamó en tono conmovido y lastimero–. Mi padre, loco de dolor, con el corazón despedazado por la muerte
de su compañera, no tardó en buscar en los excesos más groseros el olvido de
sus penas. Me dejaba sola siempre, sufriendo el hambre y el frío, mientras él
pasaba su vida en las tabernas, entregado a la bebida y al juego, con los otros
holgazanes del lugar. Muchas veces, después de haber estado ausente todo el
día, llegaba a casa de noche y con la cabeza perdida, ebrio, sin saber lo que se
hacía, me maltrataba cruelmente porque no encontraba su cena pronta, porque todo en la casa andaba mal, porque era una inútil, decía, diente de fierro
y brazo de algodón, una sinvergüenza, una haragana, olvidando el pobre
hombre que no me daba ni cómo comprar un pedazo de pan, y que niña todavía, no tenía ni juicio, ni fuerzas bastantes para poder trabajar y reempla-
zar a mi madre. *Tout y passa.* Los ahorros, primero, fruto de largos años de
trabajo y privaciones, los muebles, después, uno a uno empeñados o vendidos
y la casa y el pedazo de tierra, por último, que mi madre había llevado en
dote al matrimonio. Fue entonces que, en la pendiente fatal que lo arrastraba, más y más necesitado de dinero con que poder costear sus vicios vergon-
zosos, contrajo segundas nupcias con la dueña del molino, una mujer rica y
perversa. Y fue entonces, también, que empeoró mi triste suerte. Maltratada
sin razón, encerrada, estropeada, con el cuerpo lacerado por los bárbaros cas-
tigos que sufría, era mi vida una cadena de horribles sufrimientos. Un día –lo
recuerdo como si fuera ahora– jugando en la cocina dejé derramar, distraída, la leche que mi madrastra me había mandado hervir. Furiosa, entonces,
agarró el asador colgado sobre el fogón y, después de dejarme tendida a golpes en el suelo, desmayada y bañada en sangre, no contenta todavía, no satisfecha su crueldad, echó mano, como de un instrumento de suplicio, de uno
de esos largos alfileres que usan en la cabeza las mujeres de mi país. Aún me
parece que la veo, al recobrar, después de un rato, los sentidos, agachada sobre mí, lívida, fula, con los ojos inflamados por la rabia:

—"Para que vuelvas en ti" –decía, pinchándome atrozmente las manos
y la cara–. "Yo te he de dar; para que vuelvas en ti, sin vergüenza, *vaurien!*[85]"
– repetía y, ¡encarnizada, furiosa, me hundía y volvía a hundirme el alfiler en
las carnes!

¡Ah! desde aquel momento terrible que conservaré grabado siempre en

85   *Vaurien:* (fr.) vale nada

la memoria, una idea única me persiguió, fija, exclusiva, persistente con la tenacidad de una manía: huir. ¿Cómo?, ¿con quién? No lo sabía; lo que quería era abandonar a todo trance aquella casa maldita. Cruzó en esos días por el pueblo una tropa de cómicos ambulantes que andaba recorriendo las ferias de la provincia. El azar se encargaba de protegerme. Me escapé de casa sin ser vista, los alcancé a corta distancia y, resuelta, armándome de todo mi coraje, me ofrecí a formar parte de la banda. Fui recibida, primero, con risotadas y burlas groseras. ¿Me figuraba, acaso, que estaban ellos dispuestos a mantener bocas inútiles, a echarse un estorbo al hombro? Y, llenándome de improperios y de insultos, me intimaron bruscamente que volviera a casa de mis padres, amenazándome, sino, con entregarme a la policía en el primer pueblo a que llegaran. Humillada ante el rechazo que acababa de sufrir, llena de vergüenza y confusión, iba a volverme ya, resignada a esperar una ocasión más propicia, cuando el jefe de la banda, un viejo cínico, con la cara abotagada[86] y la voz ronca:

—"Aguarda un momento; acércate" —me dijo, tomándome de la barba y clavando en mí, sus ojos torpes—. "*Nom de Dieu!* vista de cerca no está tan mala la chica; ¡eh! ¡eh! ¡tal vez no fuera difícil que nos entendiéramos! Veamos, ¿para qué diablos podrías servirnos tú?"– Y levantándome el vestido:

—"¿A ver esas pantorrillas? gordas y duras" —prosiguió, agarrándome las piernas—. "Compañeros, desde que la *garce*[87] de Rosa nos dejó plantados, hace falta en la compañía un brazo para el bombo y unas piernas para el público. La muchacha esta es rolliza, tiene el físico del empleo; con un poco de amor al arte y unas medias color carne, podría llenar la vacante."

—¿Está usted en su juicio, *père Grognard*[88] – objetó uno de entre ellos–, que no ve que es una mocosa, y si nos meten a la cárcel? *Mazette!*[89] Nada menos que un *détournement*[90] *de menor!*... Mal negocio; la justicia no entiende de chicas al respecto.

El *père Grognard*, se enojó:

—"¡Métete la lengua donde no te la vean, tú, y déjate de fastidiarnos con tus miedos y tu justicia, collón[91]! ¿Quién quieres que se ocupe de semejante andrajo, sus padres? ¡Bonitos han de ser sus padres cuando la tienen así!"

—"¡Oh! yo no tengo padres o, más bien, es como si no los tuviera." Y dije toda la verdad: la conducta de mi padre, la maldad de mi madrastra, la vida que llevaba, los martirios que sufría. Esto acabó de resolverlos, y fui admitida sin más obstáculos a formar parte de entre ellos. Pero hallábame lejos de tocar al término de mis males. Con mi nueva vida debía empezar un nuevo género de torturas. Cuando no me hallaba expuesta a la vergüenza pública, mostrando hasta las nalgas a los *badauds* que me rodeaban, tenía que soportar la sociedad de mis compañeros, la vida en común con ellos y, entonces, era

86 *Abotagada*: hinchada
87 *Garce*: (fr.) mujer de mala vida, prostituta
88 *Grognard*: (fr.) gruñón
89 *Mazette*: (fr. fam.) torpe
90 *Détournement*: (fr.) sustracción fraudulenta, secuestro
91 *Collón*: tonto, cobarde

mil veces peor: manoseada, besoteada, estrujada con dichos y gestos torpes, arrojada como pelota, de uno a otro, entre aquella chusma soez. El viejo, sobre todo, me perseguía con un ahínco brutal, acompañando el hato de obscenidades a favor de las que esperaba contagiarme y subyugar mi voluntad, con un juego de movimientos y visajes asquerosos, que lastimaban todas mis delicadezas de virgen ofendida. Hubo momentos en que llegué hasta bendecir los azotes de mi madrastra y el pan y el agua de mis encierros, ¡tal fue el odio que me inspiró aquella vida entre crápulas! Una vez, de noche, habíamos llegado a una posada después de largas horas de camino, con todo nuestro miserable tren de saltimbanquis: tres carretones tirados por caballos macilentos[92] y cargados de lienzos y trapos viejos. Sabiendo lo que me esperaba, como siempre, luego que los efectos del vino empezaran a hacerse sentir, dejé a mis compañeros bebiendo y blasfemando alrededor de una mesa, bajé, sin ser sentida a la caballeriza y, en un rincón, sobre un montón de paja, caí postrada por la fatiga. Allí, por lo menos, en compañía de los brutos, preferible para mí a la de los hombres, esperaba poder dormir tranquila. ¡En vano! De pronto, un tumulto me despertó sobrecogida, tumulto de voces roncas, rajadas por el alcohol, un enredo de carcajadas, juramentos y maldiciones. Eran los otros que, echando de menos mi presencia, habían revuelto la casa, hasta que, al fin, daban conmigo. Fue una fiesta. Sonando en las tablas de la caballeriza con un ruido de caballos que se empujan para llegar más pronto al pesebre, todos se vinieron de golpe sobre mí. Rodeada, acosada, acorralada, como la cierva por la jauría, cansada, al fin, loca de resistir, una desesperación, una rabia, un furor de turpitud [93] me acometió de pronto, una fiebre de arrojarme a las barbas de aquellos hombres. Yo les voy a dar... ¿quieren? Vengan, tomen, hártense. ¡Y me entregué abriéndome toda entera a sus caricias salvajes, y todos pasaron en tropel sobre mi cuerpo, bañada en llanto, jadeante, desgarrada, hecho pedazos mi pudor!...

Durante el curso de esta lamentable historia, Loulou había estado haciendo una fuerza de changador por sujetarse. Al fin, ya no podía con el genio:

— *Voilà, ça y est!* [94] La orfandad, la madrastra, las sevicias[95], la fuga, la lucha, la caída, el llanto, la desgracia y la perdición, con más una punta, por supuesto, de indispensable fatalidad escondida entre telones, sopando[96] en la salsa, manejando los títeres de atrás como la mano del *bonhomme* de *Guignol* metamorfoseada en *Pierrot* o *Polichinelle*. *Tableau*. ¡Nada falta, nada ha sido olvidado; ni tampoco los clásicos saltimbanquis, la punta[97] de charlatanes encargados de hacer su parte, de representar, ellos también, su correspondiente papel de infames!

Esta última palabra fue exclamada con cuatro acentos circunflejos y una cargazón francesa de traidor de melodrama.

92 *Macilento*: flaco, descolorido, triste
93 *Furor de turpitud*: exaltación de la torpeza
94 *Voilà, ça y est*: (fr.) héte aquí, ya está
95 *Sevicias*: crueldades excesivas
96 *Sopar*: (metáf.) intervenir; de sopar, mojar el pan en una sopa o salsa
97 *Punta*: porción, cantidad de algo

Pablo quiso protestar. El pobre, movido a lástima, hondamente impresionado por la narración de Blanca, inclinose a mí:

—Imposible, esta mujer no inventa. Hay en su acento un sello profundo de verdad, ¿no le parece?

¡Qué me ha de parecer, hombre, no sea Vd. infeliz! Lo que me parece es que miente con toda desvergüenza, de una manera escandalosa; que lo que nos ha estado encajando es un cuento tártaro al uso de los novicios como usted, un atajo de mentiras aprendidas de memoria y repetidas cien veces en presencia de la clientela extranjera para hacerse la interesante y la exquisita, para echarla de mártir inocente, de víctima del destino guadañada como pasto tierno por la herramienta de la adversidad. Se trata, mi querido amigo, de un jueguito muy conocido en la cancha. Es una letanía muy vieja y muy sabida. Vaya aprendiendo, pues, a no ser zurdo y a no dejarse cazar como un pichón en trampas tan groseras.

Mientras tanto Loulou había mordido y no quería soltar. Seguía impertérrita:

—A mí me sublevan estas cosas, estas farsas, esta falta de sinceridad y de franqueza. ¿Por qué no tener el coraje de lo que una hace, por qué no decir pura y simplemente la verdad?

—¿La verdad? A ver, dila tú —repuse.

—¡Oh! no es difícil, ni me ha de dar trabajo. Somos lo que somos, porque el terciopelo y la seda cuestan menos que el percal, porque es más barato vivir en un *hôtel* que en las bohardillas, porque, para pagar tres sueldos en la imperial de un ómnibus, tiene una que comer lo que los otros tiran, quemándose las pestañas sin perjuicio de quedarse ciega o tísica, mientras que, para arrastrar coche y caballos, basta abrir la boca y decir sí, y, últimamente, porque, para eso hemos nacido y esa es nuestra inclinación. *Voilà*. Si no les gusta, sigan de largo; *c'est à prendre ou à laisser*.[98]

Y, en un revuelo de sus cascos a la gineta[99], aleteó y vino a asentarse en Pablo:

—*Oh! qu'il est drôle!*

En efecto, los cangrejos, la emoción del *début,* los treinta grados de calor, el vino, el olor a mujer sahumada, la desnudez cruda de las carnes, toda la mezcla aquella, había mareado el seso a mi incauto compañero, acabando por determinar en él una especie de *delirium tremens* de la fruta prohibida.

Inquieto, alterado, calenturiento, los ojos y los colores se le iban y se le venían; un deseo loco se mostraba pintado en él.

Très drôle et avec ça, gentil tout plein, palabra de honor, mucho mas *gentil* que Peterson! —repetía, entretanto, la otra con sus dos ojos dormidos sobre Pablo en una mirada golosa de concupiscencia.

Y, diciendo y haciendo, se levantó de pronto, se fue sobre él francamente, le agarró la cabeza con las dos manos, se la apretó contra los senos y le dio

98   *C'est à prendre ou à laisser*: (fr.) expresión equivalente a tómelo o déjelo
99   *Revoleo de cascos a la gineta*: girando por el aire las piernas como un jinete al montar un caballo

un beso largo y mojado en la frente.

—A propósito, ¿qué se ha hecho Peterson? —saltó, después, volviendo a su lugar como si nada fuera.

—Poco a poco. Ante todo, ¿quién es Peterson y por qué lo traes a colación? —repuse.

—¿Por qué? *Dame!* Porque hemos sido muy buenos amigos con Peterson y porque ustedes deben conocerlo desde que es americano como ustedes; ¿sabe?, de la Florida.

—¡Ah! pero, permítame usted —observó honradamente Pablo—, es que la Florida está en los Estados Unidos y nosotros somos de la República Argentina.

—¡Bah! Los Estados Unidos, la República Argentina, *est–ce que je sais, moi!* Para nosotros, todo eso es la misma cosa.

—¡Pues! —me apresuré a intervenir poco dispuesto, como estaba, a asistir a una conferencia geográfica y sin dar tiempo a que Pablo perdiera su tiempo zonzamente, practicando con el rebaño aquel las máximas del Evangelio—. Desde que Peterson es americano de la Florida y nosotros americanos de la América del Sur, claro es que estamos en el deber de conocernos. Y tan es así, que somos como hermanos con Peterson y que puedo, si ustedes me lo piden, contarles su historia, una historia del otro mundo.

—¡Sí, sí, veamos la historia!

—Pues, señor, Peterson, después de haberse dejado devorar un costado en París por los afilados dientes de las señoras Loulou y comparsa, antes que lo encentaran[100] el otro, juzgó prudente agarrar un vapor de la carrera[101] y largarse a sembrar papas, o a freír buñuelos. Hay sus opiniones al respecto y la verdad es que, fijamente, nunca se ha podido saber a qué. El silencio de las soledades, ese silencio augusto, padre de la meditación que engendra los grandes pensamientos, hizo germinar en su cabeza un vasto plan llamado a abrir nuevos y dilatados horizontes, transformando, por completo, la faz del orbe y el aspecto humano. Hastiado de los hombres, desencantado de las mujeres, con el alma llena de agrio y el corazón de desengaños, nuevo redentor, ha consagrado su existencia a la regeneración de la abyecta grey en selvas salvajes de vírgenes comarcas. ¿Cómo? Fundando una república universal. Al efecto, se ha puesto de acuerdo con una tropa de monas de su relación, se ha constituido un *harem,* se ha formado una familia, y en estos momentos, ocúpase muy activamente de echar con ellas los cimientos del nuevo edificio social.

—*Cette blague!* —dijo con sorna Loulou que no tenía un pelo de tonta.

Blanca, al contrario, espíritu empastado, romo, redondo como su cuerpo, no alcanzando a darse cuenta exacta de la cosa:

—Y, ¿para qué le sirven las monas?

—¡Cómo para qué! Para tener hijos.

—¿Con quién?

100 *Encentar:* mutilar
101 *Vapor de la carrera:* barco con motor de vapor que tiene un recorrido fijo, por ejemplo entre dos ciudades

—¡Con quién ha de ser, con él!

—*Pas possible!* —exclamó en el colmo del asombro—. ¿Cómo es que un hombre puede hacer el amor con bestias?

—¿Bestias? En primer lugar, eso está por averiguar. Hay quien pretende que los monos son los padres de la humanidad. Luego, si los monos son los padres de la humanidad, los monos son humanos y no bestias, a no ser que la humanidad sea una humanidad de bestias. No hay vuelta que darle. Es inútil, por lo demás, que te quedes abriendo la boca. En todo país de monos, suele suceder que las monas, las monas grandes, unas que hay muy parecidas a ustedes, tengan trato con hombres, así como existen mujeres afectas a monos.

—Mujeres negras, será.

—Negras y blancas.

—¡Qué cochinas!

—¿De dónde te figuras, sino, que salen los mulatos?

—He oído decir siempre que los mulatos son hijos de blanco y negra.

—Algunos sí, los lampiños, pero no los mulatos barbudos. Estos provienen comúnmente de la cruza de blanco o blanca con mona o mono. ¿No siendo así, cómo te explicas que tengan barba, cuando los negros no la tienen?

—También es cierto.

—Claro, pues; la barba les viene de los monos que son, de suyo, muy vellosos.

—¡Curioso! ¿no?

—No tanto como pudiera parecerte. Yo mismo, sin ir más lejos, he conocido a una troglodita, preciosa criatura, en su género, que se enamoró locamente de un blanco, un francés, un compatriota tuyo, por más señas. El francés se alzó con ella, se la quitó a la familia, la tuvo un tiempo y, cuando se cansó de tenerla, hizo la infamia de dejarla en estado interesante y con una mano adelante y una atrás. Otras, naturalmente, han sido más felices, han dado con hombres más decentes que el francés y, esposas fieles y madres cariñosas, han vivido con ellos largos años en paz y gracia de Dios, ofreciendo así un ejemplo que, de diez veces, dos, no son capaces de ofrecer las mujeres: el de virtud conyugal. La idea de Peterson, pues, no es nueva; lejos de eso. Un señor Hannon que ustedes no conocen ni de vista, cuenta que, andando por África hace como tres mil años, encontró a unas mujeres peludas que respondían al nombre de gorilas y que tenían sus historias con los naturales del país, cuya versión ha venido a ser plenamente confirmada por los javaneses y otros caballeros que aseguran que el orangután es una mezcla de mono ordinario y de mujer india. Pero todos los susodichos ejemplos, todo lo que se ha intentado hasta ahora, no pasa de experimentos aislados, de ensayos individuales que, si bien prueban la posibilidad del encaste, no han tenido una mayor influencia en la práctica, mientras que lo que Peterson quiere, inspirado en un sentimiento altamente moral y filosófico, es aplicar el sistema en grande escala, plantearlo por mayor, hacer un injerto a la mata humana, inocularle nueva savia, como si dijéramos, jeringarnos un chorro de sangre fresca, porque opina, y con razón, que la que se nos anda yendo y viniendo por el cuerpo está podrida. ¿Conseguirá su objeto? He ahí el negocio. Por lo pronto, lo que puedo asegurar a ustedes es que el éxito más completo empieza a coronar su gigantesco esfuerzo... Ya a estas horas, según las últimas noticias recibidas, pasan de...

E interrumpiendo de pronto, tamaño atajo de disparates:

—¿Cuánto tiempo hace que conociste a Peterson? pregunté a su amiga.

—Dos años.

—¿Dos años? Justo, esa es la cuenta... Pasan de seiscientos, amén de los que están por reventar –proseguí muy serio–, los retoños que Peterson ha echado al cabo de año y dos meses.

Hamacándose en la silla, el seno arqueado, los pies cruzados sobre el filo de la mesa, un cigarrillo en la boca, una copa de vino en la mano y todo el aire de quien dice: ¡no sea zonzo! mi interlocutora, mirando los arabescos del techo, se puso a tararear por la nariz, mientras Blanca, tomando, por supuesto, la cosa a lo serio y lejos ya de su madre y de las trufas, empezó, muy sí señor, a discutirla conmigo:

—¡Imposible! –repetía–, diez, quince, veinte, no, digo que no. Pero seiscientos en catorce meses, eso no, no puede ser, no tiene tiempo.

—No, no lo habría tenido, si la gestación de las monas fuera de nueve meses como la de las mujeres; pero lo que tú ignoras, es que las primeras son muy sietemesinas; conciben y salen de cuidado entre los doscientos diez y los doscientos quince días, por punto general, estando, además, dotadas de una facultad reproductora de tal fuerza, que muchas de ellas dan a luz dos y hasta tres criaturas a un tiempo. Olvidas, además, que Peterson dispone de un serrallo, lo que es esencialísimo. Ahora, echen ustedes sus cuentas y se convencerán de que no miento cuando les hablo de seiscientos, y ya verán como es la cosa más natural del mundo que el hombre haya tenido, en corto tiempo, una familia relativamente numerosa, dada la exuberante fertilidad de sus señoras.

Loulou, a todo esto, seguía contentándose con encogerse de hombros.

Pablo, sin hacer alto en mi historia, la devoraba con los ojos bebiendo copa tras copa, a dos mil leguas de contentarse con eso.

En cuanto a Blanca, *toute à son affaire,* contaba y recontaba con los dedos: tantas monas, tantos días, tantos hijos, hasta que medio convencida ya, pero no queriendo dar aún su brazo a torcer:

—Seiscientos hijos en catorce meses, *c'est égal* –acabó por exclamar entusiasmada–, es necesario que ese Peterson sea un *rude gaillard* [102], *tout de même!*

—¡Que no comprendes, imbécil, que se está riendo de ti! –le gritó la otra exasperada de verla tan zanguanga [103].

---

102 *Rude gaillard*: (fr.) hombre duro y vigoroso
103 *Zanguango*: perezoso mental, bruto

—¡Alto ahí! Yo no me río de ella ni de nadie; lo que cuento es rigorosa-
mente histórico.

—*Zut!* 104

—¿Y por qué no? *ma chère;* ¡quién sabe, los hombres son capaces de todo! –soltó sentenciosamente Blanca. Pero lo que no me explico bien –agregó
después de meditarlo un momento–, es esto: ¿qué podrá venir a resultar, serán monas o mujeres?

—Las dos cosas y ninguna de las dos. Rubias o morenas, según se parez-
can al padre o la madre, ñatas, de ojos vivarachos y redondos, boca risueña y
dientes blancos, es probable que el cuerpo deje algo que desear porque Peterson en su plan de reformas ha suprimido el corsé. Aparecerán, por lo mismo,
menos pechonas y menos barrigonas que ustedes, los brazos serán finos y del-
gados, las manos aristocráticas y, si las piernas flacas y los pies chatos y largos,
llegarán a descubrir un flanco a la crítica, en cambio sus propietarias tendrán
la inmensa ventaja de no saber hablar y de querer mucho a sus hijos.

—¿Y los machos?

—Como físico, harán juego con las hembras. Como moral, Peterson cuenta con que no serán egoístas, interesados, mezquinos, hipócritas, infieles ni
ruines. Y me entré por un camino y me salí por otro, y ahí tienen ustedes una
historia en pago de las historias de ustedes. Las tres de la mañana –dije después, poniéndome de pie y sacudiéndome las migas–. Basta de matemáticas.
Declaro que empiezo a estar hasta los ojos105 de la amable sociedad de ustedes y de esta interesante fiesta de familia. Me voy a dormir.

Pablo se levantó, a su vez, no sin algún trabajo. Bastante cargado de la
cabeza, el pobre; las piernas se le doblaban, tenía los ojos idos, el resuello pesado y la lengua considerablemente trabada.

Siguiendo una vía que no fue, por cierto, la distancia más corta de un punto a otro, consiguió llegar hasta mí:

—¿Con cuál me quedo yo?

—Con las tres.

—¿Con las tres, dice?

Y haciendo por dar vuelta y por buscar:

—¡Oh, y cuándo son tres! –agregó–. Aquí yo no veo más que dos.

—¿No ve más que dos? Con las dos, entonces.

—No; a mí me gusta la negra.

—Pues con la negra, si le gusta.

—Bueno, pero y, dígame, ¿cómo hago?

—De una manera muy sencilla: va y se acuesta con ella.

Blanca se me acercó, ella también:

—¿El señor se lleva a Loulou?

—Así parece.

—¿Quiere decir que usted me acompaña a mí, entonces?

104 *Zut:* (fr. fam.) expresión de desprecio
105 *Estar hasta los ojos:* (metáf.) estar harto

—¡Solamente que me hubiera vuelto loco! ¿Qué, no sabes para lo que has venido aquí, Loulou no te lo ha dicho? Como figuranta, hija, como comparsa, cuestión de simetría, de que no "faltara un turco". Pero, ahora que la función ha concluido y van a apagar las velas, tu bulto no es necesario ya. Puedes retirarte a descansar – le dije, sacando dos dedos del bolsillo del chaleco y llevándoselos a la palma de la mano. Señoras, *en route!*

Y los cuatro marchamos de a dos en fondo; las mujeres adelante, Pablo atrás empeñado en tropezar y yo en servirle de puntal.

El pasadizo angosto oliendo a recalentado nos llevó a la puerta de calle; esta se abrió y salimos.

Fue como uno de los últimos bostezos de la casa rendida por el sueño.

VI

Pablo, al día siguiente, vino a que le hiciera el gusto de acompañarlo al bosque.

¿Por tener el placer de ir conmigo?

Que no; por hablarme de su noche y transmitirme sus impresiones.

Cuando la vanidad vive en el fondo, el silencio es un carozo atravesado en la garganta; hay que arrojarlo.

¿Se ha saciado el apetito, se ha llenado el deseo, se ha pagado el capricho, se ha desfogado la pasión? No basta; es necesario que se sepa, que se diga, que se cuente, si no en público, en privado, a un amigo, a un conocido en su defecto y, naturalmente, en un rincón y al oído, con todas las reservas y precauciones del caso, pero sin perjuicio de repetirlo a un tercero, así que la ocasión se presente.

Se anda como con zancos, se ve a los otros enanos, se les mira por encima del hombro. Claro, ellos no se han trepado a los cuernos de la luna.

¡Y qué cuernos, a veces, y qué luna, Dios eterno! ¡Una luna de telón de "Don Juan Tenorio"!

Y, como siempre la vanidad vive en el fondo, para estorbar que alce el grito, fuerza es que medie una razón de estado: o que hablar importe una infamia, si es que no ha nacido uno del todo feo, o que, hablando, se exponga a que le rompan el alma, ejemplo mucho más práctico.

¡Pobre humanidad, siempre así, siempre chiquita!

Pablo y yo rodábamos, pues, por la avenida de los Campos Elíseos, en dirección al bosque de Bolonia:

—¿Y, no me dice nada —empecé, buscándole la boca [106] como a los muchachos—, qué tal le ha ido con su conquista?

—¡Cállese, si estoy loco de gusto! ¡Esto es vivir, qué noche la que he pasado, me parece un sueño, qué mujer, amigo, qué trato, qué cosa!

—Qué cosa, ¿eh? ¡Qué trato! ¡Ah! sí, indudablemente, las damas estas tienen muy buen trato y eso, que todavía no ha visto nada. Ya sabrá, después, lo que es bueno cuando las cale a fondo [107] y esté en situación de apreciarlas. ¡Un trato de no te muevas!

—Lo que le sé decir es que ésta es una mujer riquísima, llena de gracia y

---

106 *Buscar la boca*: (metáf.) provocar para que hable (tirar de la lengua)
107 *Calar a fondo*: (metáf.) conocer más. Se "calan" (se les corta una cuña hasta el centro) las sandías y melones

de encantos, usted convendrá conmigo.

—¡Cómo no!

—Es necesario ver cómo lo recibe a uno; el tono, la riqueza de aquella casa; ¡qué Club del Progreso, ni qué lo de Alvear, ni qué nada! Yo no entiendo de la misa la media[108] en estas cosas pero creo no equivocarme si le digo que esa mujer tiene una fortuna nada más que en muebles y chucherías[109]. ¡Qué! si parece que anda uno caminando sobre un colchón y no sobre alfombras. Se hunde en aquellos muebles como si se sentara sobre agua. Los cuartos están todos forrados de géneros de seda y de tapicerías. Cuatro o cinco salas, una amarilla, otra colorada, otra verde, ¡qué sé yo! Y, luego, en objetos de arte, eso tiene que ver: bronces de cuerpo entero, mármoles, alabastros, cuadros de Rafael, de Murillo, de Van Dick, ¡el demonio! En fin, mi amigo, lo que le puedo asegurar es que me he quedado con la boca abierta y que nunca me figuré que, a excepción de las testas coronadas y de algún ricacho como Rotschild, se pudiera vivir con ese lujo.

—Y lacayos de calzón corto, y cinco carruajes en las cocheras, y diez puros en las caballerizas, y veinticinco mil francos al mes. Conozco la *boutique*. El todo, honradamente ganado con el sudor de los otros. Cada cual ha metido un poco de hombro, ha pegado su *poussée* [110]; grandes y chicos, han llevado su grano de arena a aquel montón; gavilanes y pichones han dejado allí una pluma. Tenga cuidado, ande con tiento, no sea cosa que vaya usted a dejar un plumero; mire que esas sanguijuelas son herejes; una vez que se prenden, no sueltan al paciente, sino enjuto. Lo noto muy entusiasmado y, como me ha hecho el honor de ponerse bajo mi ala protectora, creo del caso darle un consejo con una comparación. Las mujeres, mi querido señor Pablo, son el coche de los hombres. Vivir sin ellas es andar a pie. A lo mejor, se cansa uno, se sienta, se aplasta y se tiende a la bartola. Por eso es que más jugo da un cascote, como dicen, que un solterón. Son la manga de agua que nos baña, el chorro que nos hace producir. Sin su riego, nos secamos como árboles envueltos en matas trepadoras. Aquí, la picardía, la yedra, tienen nombre hastío, descreimiento, egoísmo. Las yerbas esas nos invaden poco a poco por el tronco, se nos adhieren, se nos pegan, van creciendo, se entretejen, se enredan, se enmarañan y acaban por subirse a la corona y por desparramarse en la copa chupándonos toda la savia. Cada vientito que pasa nos voltea una hoja, cada ventarrón que sopla nos rompe un gajo, hasta que, al fin, nos quedamos hechos unos palos viejos, caídos entre los yuyos, descascarados, comidos por la polilla y llenos de hongos. Consecuencia: si quiere servir para algo en este mundo, el hombre ha de vivir con mujer. Pero, hay mujeres y mujeres, como hay coches y coches. Las mujeres públicas, como los coches de plaza, tienen un movimiento infame, son unos potros. Cuando mucho, debe uno servirse de ellos a guisa de digestivo para hacer bajar la comida: alquilarlos, sacudirse un rato, pagarles la hora y despacharlos. Emprender un viaje largo

---

108 *Entender la media de la misa*: (metáf.) tener conocimiento cabal de un tema
109 *Chuchería*: objeto pequeñosy delicado de escaso valor y utilidad
110 *Poussée*: (fr.) empuje

en esa clase de vehículo es correr el riesgo de ponérselo de sombrero[111] al primer barquinazo fuerte que pegue. Para eso, se va a una casa de confianza y se compra un mueble decente, nuevo o de ocasión por muerte de su propietario, si es que se prefiere usado. No quiero decirle, en absoluto, que con esto se ve usted libre de que le metan gato por liebre; no, de fijo: ¡está tan degradado el comercio por los tiempos que corremos! Pero, en fin, el nombre de la casa, mal que mal, es una garantía y, así, por lo menos, si da usted un vuelco en el camino y queda patas arriba, no tendrá nada que reprocharse y estará siempre en tiempo de achacarle la culpa al diablo, lo que no deja de ser un consuelo. En cuanto a su amiga Loulou, no olvide que es *camelote*[112]. Si le raspa un poco la pintura, va a encontrarse con pino y fierro fundido. Trátela, pues, como a coche de alquiler y agradézcame el consejo.

—Se lo agradezco, pero le prevengo que es inútil. No crea que soy tan nene que me chupo el dedo, ni que voy a dejarme embaucar como un tilingo[113]. Me he propuesto gozar y divertirme y bien sé yo que eso no se hace de balde. Ahora, de ahí a tomar la cosa a lo serio, va largo. Aunque no pretendo haber inventado la pólvora, ni he vivido, ni tengo experiencia, me figuro lo que puede uno esperar de esta laya de mujeres; pero lo que es a mí, se lo repito, no me han de hacer comulgar con ruedas de carreta [114], esté tranquilo. ¡No faltaba más sino que un argentino, un porteño viniera aquí a sentar plaza de zonzo!

—Sí, somos muy diablos nosotros los porteños, muy pillitos; lo que no impide que, más de uno, pueda decirle hasta qué color tienen por dentro las paredes de Clichy, tal ha andado de divertido en la fiesta. Ese orgullo necio de nacionalidad, patrimonio de guarangos [115], se deja con el muelle de pasajeros al poner el pie en el bote, bajo pena de andar haciendo mal papel, señor don Pablo. Los hombres, cualquiera que sea el *trou* [116] de donde salen, más o menos, son iguales. Porteño y todo, lo han de poner overo[117], si se descuida.

—Trataré de no descuidarme, entonces.

—Hará bien. Sobre todo, sáquele el cuerpo al *collage*[118] o, cuando menos, mire con quien se cuela [119]; no hay nada más tremendo. Esta es la historia; escúchela. Empieza uno por darse patente de mozo vivo y por declarar, como declara usted, que no se chupa el dedo y que no lo han de embaucar así no más, a dos tirones. Naturalmente, los casos de conocidos que han pisado el palito se le vienen, de suyo, a la memoria: el pobre diablo fulano, el desgraciado sutano que cayó con la última de las últimas y que hoy se encuentra clavado. El prurito hijo de la petatería [120] humana, ese prurito que estriba en reputarse uno siempre mejor que los demás, lo lleva entonces infalible-

111 *Ponerse (un vehículo) de sombrero*: (metáf.) volcar violentamente
112 *Camelote*: (fr. fam.) mercadería de baja calidad
113 *Tilingo*: (arg.) persona insustancial, afectada y que dice tonterías
114 Comulgar con ruedas de carreta: tragar (creer) cualquier cosa intragable (increíble)
115 *Guarango*: incivil, mal educado
116 *Trou*: (fr.) agujero
117 *Poner overo*: (metáf.) mancharlo, afectarlo; overo, pelaje equino con manchas
118 *Collage*; (fr. fam.) concubinato; vida en común de una pareja sin estar casados
119 *Colarse*: (fam.)entrar subrepticia o sigilosamente
120 *Petatería*: calidad de petate, (fig. y fam.) hombre despreciable y que vale poco

te a exclamar: ¡sí, pero yo, es otra cosa, no he de ser zonzo como ellos, ni me he de dejar parar de punta![121] Pregunte por qué no ha de dejarse parar... ¿por qué? porque no, porque usted es peine [122], no tiene otra razón que darse. Amor propio, viento que lo hincha, *pas plus*. Hueco, pues, con la idea de lo que vale, aunque no valga y caliente, además, con el jueguito que le está mojando la oreja, comienza, en tono de chacota [123], con la firme intención de no seguir. La cosa le gusta y lo divierte, sin embargo; por eso vuelve, cuando había resuelto no volver. Vuelve hoy, vuelve mañana, vuelve siempre. Poco a poco y sin sentir, el uso va cambiándose en abuso, lo accesorio en necesario, el accidente en costumbre. Y cuando, después de su brava campaña diaria, en sus ratos de repliegue, mano a mano con el otro yo que tiene adentro, oye su voz que suena como rasqueta en la conciencia y que le dice: *"Eh! là–bas!* no era eso lo convenido, nos vamos enterrando hasta la maza [124] sin sentir", contesta Vd. con circunstancias atenuantes, recurre a transacciones vergonzosas: ¡cierto que sí, pero la pobre es tan buena, una infeliz! Ahora que la conoce bien puede apreciarla. Hay en ella un fondo innegable de honradez, había nacido para ser otra cosa, a no dudarlo, sólo que... Sólo que, como quinientas veces los hechos están mostrando que miente, como se está estrellando usted de hocicos contra la evidencia, a falta de algo preciso, de algo positivo y sólido que importe una justificación, una excusa, siquiera, *vous pataugez dans la vague* [125]: la suerte, la fatalidad, el destino, ese cúmulo de circunstancias y combinaciones adversas, ajenas a la voluntad, que muchas veces determinan y precipitan los sucesos. Luego —llegamos aquí a la razón de estado, al gran secreto, al cómo las mujeres nos cortan el ombligo[126] y nos ganan el lado de las casas[127]— luego, ¡lo quiere tanto! Se lo dice y se lo prueba. ¿No ha roto con tirios y troyanos para entregarse a usted, para vivir exclusivamente en usted y por usted? ¡Qué más! ¿Puede, entonces, abandonarla sin ser un canalla? Evidentemente, no; su deber de caballero se lo impide. La cadena no le pesa, por otra parte. Lejos de los otros, sólo con ella que lo consiente y lo mima, las horas vuelan, el tiempo se le pasa sin pensar. Tiempo feliz, de soberano desprecio por las censuras sociales, de indiferencia absoluta por lo que viene después. Tiempo feliz, uno lo cree, por lo menos, cierra los ojos y se deja andar. El día menos pensado, entretanto, no son ustedes dos, sino tres. Alguien que no pide permiso para entrar, abre de par en par las puertas y se le mete hasta el tercer patio en el corazón. ¡Un hijo!... ¿Sabe lo que liga ese bichito, los sentimientos que despierta, los horizontes que descubre, las obligaciones que crea, las responsabilidades que impone? Sólo, esterilice su espíritu, destruya su salud, tire su fortuna, derroche su existencia;

---

121   *Parar de punta*: (fig. y fam.) manejar fácilmente; "poner de cabeza"
122   *Peine*: (fig. y fam.) sutil y astuto; púa
123   *Chacota*: bulla, algría y chanzas con que se celebra algo
124   *Enterrar hasta la maza*: (metáf.) comprometerse seriamente; de un vehículo que entierra una rueda hasta el centro (maza)
125   *Patauger dans la vague*: (fr. metáf.) debatirse en la ola, estar sobrepasado por las circunstancias
126   *Cortar el ombligo*: (metáf.) tratar como a un niño.
127   *Ganar el lado de las casas*: (metáf.) obtener su confianza

es cuestión entre su conciencia y usted. Padre, esa criaturita inocente le pide cuenta estrecha de su vida; ¿qué ha hecho, qué hace, qué piensa hacer por ella? Y en una sonrisa que embelesa, en un balbuceo que encanta, en una caricia que arroba, mira usted al más severo juez de su conducta. *Pour le coup,* ha fondeado a dos amarras, mi pobre amigo, sobre un fondo de arena en que las anclas se le hunden enteritas y con una carga encima que ni puede, ni quiere echar al agua. Lo que tanto significa en criollo como que usted, el diablo, el mozo vivo, el peine, el que no se había de dejar enredar en las cuartas[128] ni llevar en la armada[129], se ve en definitiva miserablemente cazado. Figúrese un torito arisco en el campo. No bien le hacen una atropellada, sale muriendo; es un bólido, una luz. Pero como no tiene sino el arranque, ahí no más se echa, se deja alcanzar, poner el lazo y, aunque cabecea y porfía en los primeros tirones, acaba por agarrar el trote cabestrando[130] al corral con una cuarta de lengua afuera y por sufrir que le hachen las púas[131] y le asienten la marca. Un poco de huella[132] y de picana y ¡adiós bríos! sufre el yugo con la paciencia proverbial del buey. Menos mal cuando, mortal afortunado, acierta a dar con un ser fiel que realmente lo quiere por usted y no por su ropaje, con una mujer cuyo amor resucita en amistad. Amor o amistad, el vínculo de la afección, en resumidas cuentas, es tan puro y tan sagrado como cualquier otro. La virtud consiste, no sólo en no caer, sino también, y más aún, en levantarse de la caída. La honradez no está sujeta a ritos ni contratos; es posible que la encuentre en la querida; ¡cuántas veces pierde su tiempo buscándola en la casada, por más que esta ande con pasaporte y muestre sus papeles en regla! Pero, figúrese, ¡qué embarrada si no echa suerte[133]! Engañado, befado, ridiculizado, explotado, hazme reír de los otros, mantenedor de zanguangos[134], criador de hijos ajenos y tragándose todo eso sin saber, como el patrón que come los guisos escupidos por la cocinera. Hablemos ahora de cuando el hombre baja hasta asentir.

—¡Oh! ¡pero no embrome, eso es lo último!

—Pero eso se ve con frecuencia. Se asiente y se tolera por amor, por odio, porque ni se ama ni se odia, por egoísmo, de miedo y por costumbre. Suele uno querer hasta el punto de no poder estar sin la mujer que quiere. De la categoría de ente que piensa, se pasa, entonces, a la de ser que siente. Toda noción de dignidad se pierde; todo lo que constituye al hombre muere. Queda sólo el animal hambriento, el perro que se conforma con los zoquetes[135] que le tiran aunque le den de puntapiés y le griten: ¡fuera! cuando llega gente. Se odia, al revés, se aborrece, la mujer es un objeto de repulsión, un bicho anti-

---

128 *Enredarse en las cuartas:* (metáf.) trabarse en dificultades. Los bueyes, cuando tiran las carretas con sogas que llaman cuartas, si no marchan bien, se enredan a cada paso o parada en la marcha.

129 *Armada:* abertura corrediza del lazo.

130 *Cabrestrar:* cabestrear, seguir el paso llevado del cabestro

131 *Hachar las púas:* descornar

132 *Huella:* camino

133 *Echar suerte:* en el juego de la taba caer con el lado correcto hacia arriba

134 *Zanguango:* (fam.) inactivo; de *zangón,* muchacho alto, desvaído y que anda ocioso teniendo edad para trabajar

135 *Zoquete:* pedazo o mendrugo que sobra de pan, carne, etc. luego del corte

pático cuyo contacto enferma o bien, sin ir tan lejos, ¿se le da a usted tanto de ella como de la primera camisa que se puso? ¿Qué remedio, largarla? ¡La facilidad le encargo! Veinte arretrancas se lo impiden. ¿Huirle, entonces, dispararle? Claro, pues, y si la ocasión ha hecho de ella una ladrona y si lo pone a la miseria y si lo llena de ridículo, usted se contenta con alzarse de hombros siempre que lo deje en paz y con tal de no verla ni pintada. Otros, y de estos sabemos no pocos, apetecen y estiman, ante todo y por sobre todo, la tranquilidad, el reposo y la fruición personales. Lo demás es música celestial. Algo se ha dicho o se ha oído, por ahí, que importa un indicio vehemente, acaso una prueba. Bastaría sacudir un poco la pachorra [136] para saber a qué atenerse, tomarse la molestia de dar vuelta y de mirar para que la verdad saltara clara como la luz. ¿A asunto de qué, qué se va a ganar con eso, disgustos, sinsabores, quebraderos de cabeza, amargarse uno la vida? ¡Bah! mejor es hacerse la chancha renga [137] y no meneallo, cerrar los ojos y no ver. ¿Nombre, dignidad, vergüenza? ¡Qué importan esas pavadas con tal de que, la bestia gorda y bien mantenida, se quede quieta en su concha y siga funcionando con la perfección deseada! O, si es usted un collón, anda que trina y que se muerde los codos de coraje. Todo es bueno, desde la hidalga espada hasta el garrote. Las maquinaciones más negras, los planes más siniestros hierven a montones en el horno de su cabeza. *Sangue, sangue, vendetta, vendetta!* como dicen los coros del *Ernani*, y ¡ay! de la infiel, ¡ay! del culpable. Por suerte para los referidos delincuentes, todo ese tremendo ventarrón sopla sólo en el frasco tapado de su rabia. Otra cosa es con guitarra [138]: el león se vuelve carnero, los barrotes del miedo lo mantienen encerrado en la jaula. Miedo de que le adjudiquen a él el lote que destina a los otros, miedo de andar moviendo aquello y de que apeste más, miedo, en fin, de todo lo que da miedo a los cobardes. Sexto y último: acontece también que uno se enoja y rompe los platos cuando le hacen una mala pasada y que lo agarran mansito y se tira a muerto y no rompe nada, cuando le hacen dos o diez. ¿Por qué? Porque "en una seca larga, no hay matrero[139] que no caiga"; porque no existe demoledor más formidable de la osamenta animal que la costumbre. Es el caso de esos caballos viejos que sufren un rebencazo con la misma estoica indiferencia con que se dejan palmear el anca o el cogote. El hombre, como el caballo, acaba por estar curtido. ¡Mandrias [140] y bellacos [141] todos los que tal hacen, dirá usted, una y mil veces, mandrias y bellacos! Mandrias y bellacos, tanto cuanto quiera; pero mandrias y bellacos de carne y hueso, con los que andamos cansados de codearnos en el vaivén de la vida. Créame, sáquele el cuerpo al *collage* o, cuando menos, mire con quién se cuela. No hay nada más tremendo.

　　Y seguimos hablando de otras cosas.

136　*Pachorra*: pereza
137　*Hacerse la chancha renga*: hacerse el lento o disimular para desentenderse
138　*Otra cosa es con guitarra*: expresión criolla para significar que se trata de algo muy distinto
139　*Matrero*: gaucho que vive a la intemperie (sobre su matra), por extensión huidizo, rebelde o fugitivo de la justicia. También se dice de los animales salvajes
140　*Mandria:* hombre apocado y de poco valor
141　*Bellaco*: malo, pícaro, ruin

VII

Las visitas de mi amigo empezaron a hacerse muy escasas; se me fue yendo, poco a poco, hasta que lo perdí de vista.

Cuando algo se debe al prójimo, un consejo que no se sigue, un servicio que se paga mal o plata que no se paga, es de humana ley sacarle el cuerpo como a las escondidas, no acordarse uno ya de dónde vive, doblar a la derecha cuando se le divisa a la izquierda, bajar los ojos y hacerse el replegado para que pase de largo o abrirlos tamaños con una mueca hipócrita de gusto, si es que, de manos a boca, tropieza uno con él y no hay más camino que amujar.

Dos palabras, entonces, fuera del tiesto, para salir de apuros, un pretexto idiota, un "¡bueno, que le vaya bien!" y un reniego, en seguida, de dos cuadras contra la suerte canalla.

Eso sucede.

En cuanto a Pablo, me debía un consejo. ¿Era un ejemplo al caso?

Sí; lo supe después.

VIII

E ntretanto, el invierno se había venido en cueros; un frío varón de cero abajo.

Cada puerta abierta era un cañón apuntando a los pulmones; cada ráfaga de viento, un sablazo en la nariz. La sangre se endurecía, los tuétanos dolían.

París, el ogro enorme, seguía impasible en su afán de devorar vidas y haciendas.

Sobre una naturaleza muerta, un foco vivo; en el hielo un brasero: París.

París, un mundo de pasiones disputándose al hombre. Pasiones bajas, apetitos glotones excitados por el *etalage* [142] crudo de todos los deleites, por el alarde cínico de todas las torpezas.

Y allá, de tarde en tarde, como extrañado en la región del vicio, un arranque generoso, una acción noble, un grito honrado que suena apenas un instante y va a perderse ahogado en el chirrido infernal de aquel hervidero de corrupción.

Corrupción en las alturas donde el reflejo del oro, el roce de la seda, la llama aristocrática de las bujías, la corrección de la forma, esconden toda la irritante fealdad del fondo.

Corrupción en el grueso de la masa, desde el *bourgeois* mezquino y egoísta hasta el obrero que vomita en una *ordure* todo el veneno de su alma.

Y, sin embargo, París subyuga. Tiene el poder fascinador del opio. Vivir su vida de vértigo es soñar y ese sueño mata, pero mata enloqueciendo de placer como los efluvios del narcótico.

Es el mareo del vacío que llama al abismo.

Es el imán de la criolla cuyo contacto abraza y cuya posesión consume.

Por eso en la hoguera está ardiendo un enjambre humano atraído por el calor y la luz, como esos bichos que salen del pajal para morir quemados en el fogón del rancho...

Pero cada puerta abierta era un cañón apuntando a los pulmones; cada ráfaga de viento un sablazo en la nariz.

Al sur, al sol, me dije y disparé [143].

142 *Étalage*: (fr.) exhibición de mercaderías para la venta
143 *Disparar*: (fam.)escapar, salir corriendo

IX

E l lomo de los Alpes se corta a pique.

Parece que una pala inmensa movida por algún brazo de cíclope, ha sacado una tajada a la montaña y la ha tirado lejos al mar.

En aquel rincón dejado de Dios el hombre ha creado un edén.

Desde la tierra donde echan raíces y crecen confundidos el cedro, la magnolia, el naranjo y la araucaria, hasta las flechas que rematan la construcción soberbia del casino, todo le pertenece, todo ha sido puesto allí por arte de hombro y de trabajo.

Era un hueco de piedra solitario y árido. Hoy es un nido de verdura, un lugar encantador, el pedazo de país más lindo, el cuadro más adorable que me haya sido dado mirar jamás.

Arriba, sobre la cresta colosal de roca, perdida en lo remoto, la región blanca a la que el sol, aburrido de brillar, harto de luz, arroja las sobras de sus rayos.

Bajando, una mansa primavera, las curvas fantásticas de un parque, un laberinto de jardines, un mosaico caprichoso de villas y de hoteles: Montecarlo.

Abajo, el tren que pasa serpenteando y entra al túnel como una anguila enorme ganando la cueva en los socavones del arroyo.

Y, allá, más abajo todavía, al fin, la pampa azul.

Fue en aquel puerto de sol y de brisas tibias donde busqué abrigo y di fondo a mis viejos huesos batidos por las recias trinquetadas[144] del pasado.

---

144 *Trinquetadas*: (metáf.) situaciones difíciles y esforzadas; (mar.) navegación con sólo las velas de proa (trinquete) a causa del excesivo viento.

X

L legué, me bañé, me vestí, comí y fuime... al juego, naturalmente.

En Montecarlo, es fatal. Todos los caminos conducen allí, a esas cuatro paredes, refugio de vagos, guarida de pillos y de tontos, donde jamás sé entrar sin una impresión compleja.

Los altos de oro y plata que se apilan y desparraman a una señal de la suerte, la voz hueca de los empleados, el ruido monótono del marfil saltando entre las casillas, los montones de hombres y mujeres que van, que vienen, se empujan y se aprietan en voz baja alrededor de las mesas, todo aquel incesante *brouhaha* [145] me hace el efecto de una colmena humana trabajando en deshacer, en derramar la miel que ha recogido para que se la beban los zánganos de la Banca y el príncipe de Mónaco, otro zángano.

Luego el olor a metal sucio que se toma —el mismo olor de las piezas de cinco francos— el tinte lívido de los objetos bañados por el verde–gris de las cortinas, el aspecto terroso, el color de muerto que afectan los semblantes, las facciones descompuestas, los ojos hoscos clavados sobre el azar por la avidez del lucro, la vista toda de aquel cuadro único en el mundo, su sello original, sus sombras negras, despiertan en mí una idea vaga de desconfianza y de miedo, un no sé qué melancólico y triste, algo como una alarma lejana, como una visión de ruina.

Me parece que el peligro de los otros me amenaza y me alcanza a mí también.

Zonzeras de viejo. Yo no juego.

¿Por qué el juego no me gusta?

Al revés; me entusiasma.

No conozco emociones más salvajes y todo lo que sacude hasta erizar tiene para mí un poder inmenso de atracción. Aun la pena, la pena aguda, intensa, matadora.

Si, en mis horas más acerbas [146], de esas que son la herencia de todo el que no nace con el corazón de pulpa, en el paroxismo [147] del mal, en sus espasmos, he llegado hasta gozar de sufrimiento, me he sentido embargado todo entero de placer, de un placer monstruoso, inexplicable, risas que eran sollozos, deli-

---

145 *Brouhaha*: (fr. fam.) ruido y confusión de voces de una multitud (onomatopeya)
146 *Acerbas*: crueles, desapacibles
147 *Paroxismo*: exacerbación o acceso violento de un mal

cias que eran tormentos; he probado un encanto secreto, infinito, horrible en cebarme en el dolor, en soportar encarnizado toda la fuerza de su peso.

Por eso tengo siempre una palabra suave en presencia de las pasiones que hacen crujir la máquina.

¿Es, acaso, suya la culpa si se rompe?

Là, francamente, ¡porque no ha sido hecha de un armazón capaz de resistir!

Por eso comprendo la ambición, aún la ambición sin freno, por eso me explico las mujeres, por eso excuso las noches pasadas alrededor de una carpeta y, si yo mismo no juego, es porque se me antoja no jugar.

¿Principios, moral, horror al vicio?

¡Bah! ¡no me da tan fuerte la melodía!

Consideraciones de otro orden: un incidente personal, una agarrada entre el diablo y yo; él me empuja y yo me empaco: simple cuestión de orgullo y de amor propio.

Lo que no impide, por supuesto, que, de paso, eche un luis sobre el 17 *en plein.*

Y digo de paso, porque una mesa de ruleta es como un baile por suscripción: mucha república.

Or[148], declaro que la república reúne todas mis simpatías como la forma más bonita de gobierno, pero no tardo en agregar que, en achaques sociales, soy más realista que el rey: libertad, hasta por ahí; igualdad, ninguna, y fraternidad con mis hermanos.

Prefiero el *treinta y cuarenta.*

En él, por lo menos, se ve uno libre del menudeo de los jugadores, esa morralla infame que se abre paso a codo hasta la primera fila, cargando y pisoteando a medio mundo, con una indecente pieza de *cent sous* [149] enarbolada en la mano. *Boutiquiers* [150] *en train* de darse un corte, criados disfrazados de patrones, *catins* [151] de la peor especie, viejas intercesoras y rateros.

Entréme, pues, a lo gordo, donde los rollos de oro y de billetes empiezan por rodar de una mano a otra, para ir a caer al fin en el pozo sin fondo de la banca.

Miraba apostar fuerte a un judío: un papel de mil francos en cada *passe,* escoltado por un luis –ahí estaba el *truc,* la cábula del hombre, esa era su *mascotte* –cuando sentí que una mano se apoyaba sobre mí.

Di vuelta y me encontré con Loulou:

—¡Tú aquí, buena pieza! ¿Qué haces?

—Espero y me desespero.

—¿Esperas qué y te desesperas por qué?

—Espero que Pablo se levante de esa mesa maldita y me desespero porque pierde ya una fortuna.

---

148 *Or*: (fr.) conjunción; "a esta hora"; marca la transición de una idea a otra; asimilable al "ahora bien" Castellano

149 *Cent sous*: (fr.) sou vieja moneda equivalente a un vigésimo de franco, cien equivalía a una pieza de cinco francos.

150 *Boutiquier*: tendero

151 *Catin*: (fr. fam.) mujer de mala vida

—¿Pablo, dónde está?

—Allí, al lado de aquel hombre viejo.

Miré y vi, en efecto, a Pablo profundamente absorbido por el juego, el rostro demudado, la vista fija sobre el naipe del tallador.

Se acariciaba la barba con una mano, mientras en un movimiento involuntario y febril, estrujaba con la otra un puñado de billetes que tenía por delante.

Acababa de poner mil francos al color; los perdió.

—*Là!* –exclamó Loulou, *décidément pas de chance*. Desde esta mañana no hace otras. Salió del hotel con diez mil francos y, hace un momento, me ha mandado pedir otros diez mil. Alarmada, he venido yo misma a ver si consigo llevármelo de aquí. Mis ruegos, mis súplicas, todo ha sido inútil. Se ha irritado, se ha puesto fuera de sí y ha concluido por echarme en hora mala, diciéndome que lo deje en paz, que él sabe lo que hace, que no es una criatura y que no necesita tutor.

—¡Muy bueno!... Y... ¿cuánto pierde?

—Más de cincuenta mil francos.

—¡Hum! ¡está medio feo eso! Sin embargo, la cosa no es como para que te aflijas enormemente. Cincuenta mil francos más o menos, no lo han de hacer ni más rico, ni más pobre.

—Sí, pero es que sigue perdiendo...

—Esto, hija, va y viene. Ahora pierde, ganará después. Déjalo al pobre que despunte el vicio. Entretanto, si la *guigne* [152] se obstina en perseguirlo más de lo conveniente, te ofrezco, desde luego, mis servicios. Pero, apropósito –agregué, tomándola de la mano y sentándola a mi lado en un sofá–, dime, ¿qué es lo que te pasa, de cuándo acá tan cristianos sentimientos, qué te puede importar a ti que a Pablo se lo lleve el diablo? Que te asociaras al azar, que colaboraras con él y que, mientras tu querido pierde la mitad de lo que tiene al juego, trataras de alzarte tú con la otra mitad, enhorabuena; eso sería lógico, humano, consecuente, no desmentirías así tu pasado honroso, continuaría reconociendo en ti a mi amiga vieja de otros tiempos. Pero que te afanes y te desesperes y te mates a disgustos porque uno de tus hombres va en camino de arruinarse, francamente, no me lo explico, no me entra, es ridículo, absurdo, inmoral, contrario a las nociones más vulgares, a todas las prácticas recibidas. ¡Qué diablo! no era eso lo convenido, declaro que pierdo mi latín, que no eres tú la que me han puesto por delante; me han cambiado a mi Loulou y me apresuro a protestar.

—Lo amo.

—¿Tú? ¡Para los pavos!

—Lo amo, le digo.

—¿A mí me lo dices?

—Es increíble, ¿no es verdad? estúpido, imposible, pero es; lo amo. ¿Por

152 *Guigne*: (fr. fam.) mala suerte

qué? ¡No lo sé! Pablo no tiene ni talento, ni distinción, ni espíritu. Es un hombre vulgar y, sin embargo, lo adoro.

—¿Vulgar? lo calumnias. Pablo es un buen mozo.

—Sí, puede encender un deseo; eso no basta, usted lo sabe, para inspirar una pasión.

—¡Bah! deseo, pasión, todo pertenece a la misma familia. Cuestión de que dé más o menos fuerte. Pablo es rico, punto esencialísimo, tratándose de mujeres y, sobre todo, de mujeres como tú.

—¡Y qué me importa a mí la riqueza!

—¿Esas tenemos, ahora, que no te importa el dinero a ti que no has podido vivir sin él, que nunca te has hecho dar bastante, que has pasado tu vida desvalijando al vecino, que has liquidado a cuanto prójimo infeliz te ha caído bajo la mano, que eres capaz de comerte los millones como un ratón casca una nuez, que no te importa el dinero a ti la impúdica, la horizontal, la mundana, a ti Loulou, en fin? Decididamente, o crees que yo me he vuelto zonzo, o voy a creer yo que tú te has vuelto loca.

—¡Oh! tiene razón, mire, maltráteme, todo lo que me diga es poco. Soy una miserable, una mujer perdida, no merezco otra cosa que el desprecio de la gente honrada. Pero Dios es testigo de la verdad de mis palabras. Cuando pienso en mí misma, en lo que he sido, en la vida infame que he llevado, me avergüenzo, el arrepentimiento, el dolor me despedazan el alma, el pasado me espanta, quisiera huir de mí como de un monstruo, no ver, no saber, sofocar mis recuerdos, perder la memoria, quisiera volverme loca, loca, sí, sería mil veces preferible: ¡llego hasta tenerme horror! ¡No, usted no sabe, no puede saber lo que yo sufro!

Y la infeliz mujer se puso a llorar a chorros y, para peor, ambos empezamos a llamar la atención del respetable público, lo que no estaba en el programa ni entraba en mis gustos, naturalmente.

Pareciéndome duro, sin embargo, levantarme y mandarme mudar callado la boca, operación que se me ocurrió, desde luego, como la más práctica de las soluciones para salir de la situación ridícula, embarazosa y violenta en que me había colocado:

—Dame el brazo –le dije–, y vamos a tomar el fresco.

Una vez afuera, empezamos a pasearnos largo a largo por uno de los caminos del jardín sin hablarnos ni palabra, hasta que, al fin, nos sentamos sobre un banco.

—¿Conque quiere decir, mi pobre Loulou – proseguí atando cabos–, que estás enamorada ni más, ni menos?

—Como una loca.

—¡Qué barbaridad, mujer! ¿Y Pablo, te quiere él?

—No.

—¿Por qué lo dices?

—Por todo y por nada.

—Explícate.

—La voz del corazón no engaña. Pablo no me ama ni me ha amado jamás. Soy para él un entretenimiento, un capricho. Me tiene por darse el lujo de una querida como yo, salvo a dejarme mañana, cuando lo gane el fastidio o dé con otra que halague más su vanidad.

—Pero...

—¡Oh! hace perfectamente, no se lo reprocho. ¿Qué más les valemos a los hombres las mujeres como yo, un poco de cariño, de gratitud, de lástima, somos alguien, por ventura? ¡Bah! ¡una cosa, cuando mucho, algo despreciable y vil, un pedazo de materia, la porción del bruto que reclama su alimento, del cerdo que se harta y ensucia y pisotea los restos, autómatas de carne hechos por Dios para dar gusto a los hombres, juguetes que entretienen y divierten! Y si, por desgracia, en el ser frívolo, superficial y vano, se despierta de pronto la mujer con todo su caudal de sentimiento, la criatura capaz de todos los sacrificios, si el alma se revela, si el corazón late, si la pasión que purifica y redime estalla al fin, ¿lo comprenden, son capaces, siquiera, de tender la mano para ayudar a sacarnos del abismo en que la culpa o la desgracia nos arrojan? No, nos hunden más y más con su desdén, una carcajada salvaje y cruel acoge las lágrimas que derramamos, el arrepentimiento es una farsa, el sufrimiento una mentira, ¿sufren, acaso, las piedras? y prostituidas e infamadas por la falta, la falta nos condena a seguir siendo infames y prostitutas. No me quejo, se lo repito; es justicia.

—Estás desbarrando, hija. El amor te ha hecho perder la chaveta. Andas con la cabeza caliente y ves visiones. Ni es ese el mundo, ni es así como las cosas pasan. Delitos que manchan, marcas que se llevan en la frente, baldones de infamia y de ignominia, etc., etc., literatura, retórica, palabreo. Todo ese vocabulario de mal gusto tenía curso, según dicen, en la época de los fósforos de palo y de los candiles de aceite. Hoy se encuentra solo en los *plumitivos* [153] de a tanto el renglón, fabricantes de folletines o de dramones de capa y espada para solaz de la chusma soberana. Entre la gente decente se ha mandado guardar, apesta a rancio. Vivimos en un tiempo de progreso, nos alumbramos con luz eléctrica, estamos muy adelantados, somos mucho más humanos y más prácticos. A nadie se le ocurre preguntar quién es uno, de dónde sale, ni de dónde trae lo que tiene, con tal que algo tenga y algo traiga. Así se le antojara a Pablo una barbaridad como otra cualquiera, casarse contigo, por ejemplo, ¡y ya verías! Solo que, claro, pues, en presencia de un bicho dañino como tú, de un pájaro de rapiña que se aparece, de pronto, vestido de paloma blanca, es lo menos que un cristiano como yo abra el ojo y pare la oreja. Supongo que no tendrás la pretensión de ser tan trigo limpio como la inmaculada concepción de la Virgen Santísima y que convendrás conmigo en que el papel de arrepentida entra mejor en tus cuerdas. Nada ex-

---

153 *Plumitivo*: (Portugués, despect.) escriba, escritor de poca monta

traño, pues, que si María Magdalena se vio en el caso de montar la guardia al pie de la cruz para que nuestro Señor la librara de los siete demonios, yo que te conocí naranjo[154] y que no soy Cristo, ni con mucho, te haya hecho hacer cinco minutos de antesalas antes de admitirte en el recinto augusto de mi aprecio y decirme tuyo afectísimo amigo, etc. Pero, ahora, ¡oh! ahora las cosas han cambiado, es diferente. De hoy más, puedes contar conmigo sin reserva. El amor te ha levantado hasta el techo en mi concepto. Veo que eres una buena muchacha capaz de servir para algo y quiero ayudarte a salir de apuros. Veamos, ¿qué piensas hacer?

—¿Lo sé yo misma? ¡Oh! si Pablo respondiera a mi cariño, si me amase un poco siquiera, ser suya siempre sería para mí el colmo de la dicha. A usted le he oído referir, según recuerdo, que la gente pobre en los desiertos de su país vive en chozas de paja, con un pedazo de carne por único alimento, lejos de todo centro de recursos, expuestos a toda clase de peligros, sufriendo, ya los ardores de un sol abrasador, ya los crueles rigores del invierno, cuyas noches heladas, interminables, espantosas, los sorprende sobre el lomo del caballo, luchando desesperadamente en salvar los restos del rebaño azotado y disperso por las furias del temporal. Una existencia como esa es lo que sueño, pobre, ignorada, perdida allá, ¡qué sé yo dónde! Huir, huir con Pablo lejos de París, de la Europa, del mundo, lejos de otras mujeres, con Pablo respirando, viviendo para mí. Y en el insensato delirio de mi mente, ideas perversas me acometen; llego, de pronto, hasta anhelar su ruina, su deshonra. Quisiera que perdiese todo, su nombre y su fortuna; que engañara, que robara, que matara, que para librarse del presidio o del cadalso, no le quedara otro remedio que la fuga. Yo me lo llevaría, entonces, lo arrebataría, lo haría mío. ¡A su lado, soportaría resignada la adversidad y la miseria, dividiría con él sus horas de amargura, atenuaría sus pesares, mitigaría su dolor, lo serviría de rodillas, todo se lo daría, el inmenso tesoro de mi afecto, mis besos, mis caricias, mi cuerpo, mi alma, mi vida, sería su madre, su hermana, su mujer, su esclava y tanto y tanto haría por él, a tanto me haría acreedora, que lo había de obligar, al fin, a pagarme con su amor la cuenta de mis sacrificios!...

—¡Pues, señor, esto sí que no había entrado en mis libros! Que te hubieras apeado con algún disparate de marca mayor como, por ejemplo, querer pegarte un tiro o meterte en un convento, pase; en eso suele, a veces, parar la calentura. Pero tú, convertida en mensual de Pancho Piñeiro, dando vuelta la majada en un cuero de carnero sobre un *maceta* [155] viejo, o haciendo un pu-

---

154 *Te conocí naranjo*: dicho popular. Supuestamente proviene de que hace muchos años había en un pequeño pueblo de España, un viejísimo naranjo que habiendo formado un grueso tronco terminó por secarse. Un artista local esculpió en el tronco una imagen de Jesucristo, y el pueblo decidió instalarla en su iglesia. Con el transcurso de los años se hizo famosa y era venerada incluso por los habitantes de los pueblos vecinos. Se le atribuían milagros de toda índole y le llovían los pedidos. Entre los pedigüeños se hallaba un viejo vecino que insistía en que el Cristo le solucionara un problema. Pese a sus reiterados pedidos no se solucionó el problema, y el viejo, cansado y enojado, le espetó a la imagen-. "No te hagas el soberbio conmigo, que yo te conocí naranjo".

155 *Maceta*: (fam.) caballo viejo y de cascos crecidos que anda con dificultad.

chero de *aujas* [156] con leña de bosta, en cuclillas, delante del fogón de la cocina, ¡hombre, hombre, no faltaba más! *Non, vois–tu, c'est par trop drôle!* Permíteme que, a pesar de la gravedad del presente asunto, me ponga a reír un momentito... ¿Quieres que te dé un consejo, Loulou amiga, pero, *là,* un consejo sano y sincero? Toma el expreso de esta noche misma y vuélvete a París. Ese es tu teatro, no lo dejes, no cortes tu carrera en la flor de tu edad, no la sacrifiques en aras de una pasión desgraciada. Un porvenir brillante te espera, nuevos triunfos, nuevos laureles que agregar a tu corona de artista. Tu noble misión no ha concluido; quedan todavía muchas zorras por desollar, muchos Peterson, muchos pavos que pelar... Créeme, vuelve a París, al campo de tus hazañas, allí te llama el deber, allí te lleva el destino...

—¡Volverme a París, es imposible!

—¿Por qué?

—Porque no puedo vivir sin Pablo.

—Pero, hija, piensa un instante, reflexiona en tu situación, hazte cargo de que, cuanto más tiempo pase, más grande va a ser la embarrada. Pablo no se ha de casar contigo, ¿no es verdad? la cosa es clara. El comercio que con él mantienes no puede tampoco durar eternamente; tiene que acabar como acaba todo en la vida, ¿y entonces? Tu amor, me dirás, tu amor... Muy enhorabuena, tu amor es una cosa muy bonita, un sentimiento que te honra, pero que no te conviene. Lo mejor es que te lo arranques de raíz, que concluyas con él de un golpe, como quien dice, que lo hagas reventar de un ataque de apoplejía fulminante, ya que estás poco dispuesta, según parece, a dejarlo morir de consunción. Los males como el tuyo, mi querida Loulou, no se curan con cataplasmas ni paños calientes. Hay que echar mano de otros medios. Acude, pues, al serrucho de tu energía y ampútate ese miembro enfermo, si no quieres que te invada y te pudra la gangrena. Créeme, te lo repito, vete, mándate mudar. Cuanto más pronto, ha de ser mejor.

Se quedó un rato callada; luego:

—Tiene razón, dijo, y, sin embargo...

—Y, sin embargo, ¿qué?

—Y, sin embargo, me quedo.

—Harás una chambonada [157]. Acuérdate de lo que te digo: mañana o pasado te ha de pesar.

—¡Ah! sí, ¿mañana, no es verdad? ¡Como si tuviéramos mañana nosotras las mujeres de mi especie, como si nos fuera permitido tenerlo! Nuestro mañana, *à nous,* son los trapos que nos ponemos, los brillantes, la yunta de *Orloff* [158] que pensamos estrenar, la orgía que nos espera, la noche de locura que vamos a pasar. He ahí nuestro único horizonte, lo único que vemos. Lo que hay, después, no lo sabemos, como no sabe el borracho que el aguardiente lo está quemando las entrañas. ¡El porvenir! ¿Y qué le importa el porve-

---

156 *Aujas*: (vulg.) aguja, corte de carne vacuna inmediatamente posterior al cuello, se usa para guisos
157 *Chambonada*: (fam.) acto de un *chambón*, persona torpe, de escasa habilidad
158 *Orloff* : Orloff Trotters, animales derivados del caballo árabe, criados en Rusia por el Conde Alexei Orlov durante el Siglo XVIII. Los grises (lobunos o tordillos) eran muy apreciados para los carruajes elegantes

nir a quien no tiene ni presente? Eso está bueno para las otras, las que algo pueden perder, una posición, un nombre, una familia: para las otras, las virtuosas, las honradas, las criaturas de Dios, las que ustedes ensalzan y el mundo adula. Pero, hablarme a mí del porvenir, a mí, "la impúdica, la horizontal, la mundana, a mí, Loulou, en fin", *allons donc!* ¿Sabe cuál es mi porvenir, lo que en este momento me ocupa y me preocupa a mí? Dormir con Pablo esta noche. Mañana... ¡mañana, quizás, me haya llevado el diablo!

Aquí, mi amiga, haciéndose la aturdida y la loca, de pronto, me arrebató el cigarro de las manos:

—Hasta luego –exclamó, metiéndoselo entre los dientes–, me voy a buscar a mi hombre... ¡ya me parece que hace un siglo que no lo veo!...

Y jugándole risa a carcajadas por no volver a soltar el llanto a sollozos, la pobre diablo se paró de un salto y salió corriendo.

¡Mire qué figura para estar enamorada ésta también, pensé, viéndola alejarse, ¡hombre, hombre!...

¡Decir que un gesto de Pablo bastaría para trasformarla, para hacer de esta perra judía una cristiana, una mujercita decente y buena!

Y no hay vuelta que darle; sería muy capaz de entrar en compostura, de ponerse como nueva con su amor.

Hasta para tener hijos podría servir, para criarlos y educarlos como Dios manda y como si nunca hubiera hecho otra cosa.

¡Oh! amor, dónde te has ido a anidar, ¡oh! ¡prodigio!

Y no ha de faltar después quien te niegue y te reniegue...

¡Cretinos!

Al otro, ahora.

XI

Estaba en el mismo lugar; seguía jugando:

—No insista, amigo, no sea chambón –le dije en voz baja, acercándome a él por detrás–. Mire que, cuando uno anda en la mala, es para peor encarnizarse. Deje que dé vuelta la suerte; levántese. No le ha de faltar tiempo después para desquitarse.

—¡Oh! lo que juego no merece la pena. Arriesgo una miseria yo, nada más que por matar el tiempo –me contestó entre risueño–, cortado y sorprendido, al encontrarse de manos a boca conmigo.

—Mucho o poco, es siempre cosa de zonzos eso de dejar que lo estén pelando a uno. Levántese, vamos a fumar un cigarro y a charlar un rato. Y bien, ¿qué diablos es de su vida? –proseguí, mientras ambos nos dirigíamos al café. Se me hizo usted humo en París y ni vivo, ni muerto.

—Es cierto, soy un sin vergüenza, un ingrato, pero, ¡qué quiere! Andaba siempre con ganas de ir a verlo y el tiempo pasaba, entretanto y mi visita se quedaba en proyecto, cuando, un buen día, alcé campamento y salí precipitadamente, con intención de recorrer la Italia. Fue un viaje improvisado, una idea del momento. ¿Pero, no recibió una cartita mía anunciándole mi partida y despidiéndome de usted?

—No.

—¡Es extraño!

—No embrome, hombre, ¡qué extraño ha de ser!... El servicio de correos está muy bien montado en Europa, no se pierde nada. Si usted me hubiese escrito, habría yo recibido su carta. Sea franco, lo que hay es que, de puro entrometido, me permití una vez exponerle mis vistas y darle un consejo; que Vd. tuvo a bien hacer precisamente lo contrario de lo que yo le decía y que la perspectiva de pasar una hora en mi amable sociedad, lejos de constituir su delicia, le producía el efecto de una trompada en la boca del estómago. Temía, sin duda, que, a título de mentor, lo llamara a cuentas, que le echara un sermón, que le pegara un solo y por eso me anduvo escurriendo el bulto. A propósito –seguí, sin darle tiempo a protestar–, acabo de estar con su señora. Y, ¿son ustedes felices?

—¿Con mi señora?

—Sí, pues, con su señora Loulou, lo que, para el caso, es lo mismo. ¿No vive usted con ella conyugalmente?

—¡Déjeme, estoy más aburrido, más fastidiado! Tengo hasta quién sabe dónde de la tal doña Loulou y sus gustos...

—¿Tan pronto?

—¡Uff! ¡qué clavo, amigo, qué gancho! Usted me la pintó como una sanguijuela capaz de dejarme enjuto. Qué sanguijuela, ni qué nada. La mujer esta es algo peor, es un *saguaipé* [159] que se me ha prendido, no en el bolsillo, sino en el corazón y que me está chupando la paciencia. Soy víctima de la más inicua explotación de sentimientos que se haya inventado hasta la fecha.

—¿Cómo así?

—¡Si, pues, no se le ha puesto a la hija de mi alma tomar su papel a lo serio, jurarme que me adora y querer que vivamos los dos eternamente a amor corrido! Un idilio, en suma, una edición de Pablo y Virginia corregida y aumentada. Tengo para mí, ¡Dios me perdone!, que hasta llegaría a conformarse con dragonear[160] de Eloísa, siempre que yo fuera su Abelardo y aun a trueque de verme rebajado al nivel del inofensivo personaje [161]. Suave como una badana, fiel como un pichicho[162], mansa como un guacho[163] criado en las casas, buena, cariñosa, sensata, económica, es un dechado de virtudes domésticas, un modelo acabado de perfecciones. Si la reto, se pone a llorar, si me enojo, me pide perdón, si me duele una uña, me vela, si se me antoja jugar cuatro reales, gastar aunque sea una bicoca, su señoría se permite echarla de Catón[164] y predicarme moral. El otro día, sin ir más lejos, por ver si la corrijo, si la enderezo y la obligo a agarrar la calle del medio, quise comprarle en lo de un joyero de Niza un par de aros de veinticinco mil francos. No hubo forma. Empezó toda azorada a decirme que si me había vuelto loco, que ella no me pedía ni necesitaba nada, que en vez de tirar el dinero en porquerías, lo empleara en algo positivo, ¡que llevara los veinticinco mil francos y los pusiera en qué sé yo qué caja de ahorros que me nombró! ¿a que no se figura para quién?

—¿Para los pobres?

159 *Saguaipé*: (*Fasciola hepática*; *Acedia comun*) parásito cuyas larvas nacen de huevos depositados en la bosta de los vacunos y lanares. De allí se infiltran en unos caracoles del género *Lymnæa*, dentro de las 24 horas de su aparición. Estos caracoles viven en aguas estancadas o en arroyos. Parasitando el caracol se multiplican, y después de cinco semanas, salen de los caracoles enquistándose, a la espera de ser ingeridas por los huéspedes (herbívoros, omnívoros y ocasionalmente el hombre). Dentro de éstos, penetran aún en forma inmadura por la pared intestinal, alojándose como adultos en el hígado, al cual destruye.

160 *Dragonear*: ejercer un cargo sin tener los títulos para ello

161 *Abelardo*: Pedro Abelardo (1079 - 1142) Filósofo y teólogo francés. No siendo clérigo, reunía a numerosos discípulos. Se enamoró y tuvo un hijo de Eloísa, cuyo tío, el canónigo Fulberto, contrató sicarios para castrarlo.

162 *Pichicho*: (arg.) perro, del Quechua *Pichu*

163 *Guacho*: del Quechua *Wakchu*, huérfano; sin dueño; dícese de la cría huérfana o destetada antes de tiempo

164 *Catón*: Marco Porcio Catón ciudadano Romano (234 a.C. - 149 a.C.). En el año 184 a.C. alcanzó el cargo de censor -siendo conocido por este apelativo- dedicándose a atacar el lujo y la corrupción.

—No señor, para mi hijo, porque ha de saber usted que se dice embarazada y que pretende que el fruto me pertenece.

—¡Y Vd. pretende lo contrario, por supuesto!

—Según; echaré mis cuentas y veré lo que resulta.

—¿Y si resulta que es suyo?

—¡Me daré por recibido de él, qué remedio!

—Pero, ¿la madre?

—¿La madre? ¡Allá se las avenga como Dios la ayude! Usted comprende que yo no puedo dejar a mi hijo en manos de una degradada aunque sea su madre. ¿Qué vida, qué porvenir espera a la desgraciada criatura, con un ejemplo como ese por delante, ser un cachafás[165] o una loca? ¿Qué me hago con Loulou, por otra parte, adónde quiere que vaya con semejante hipoteca encima del alma, ni qué deberes lo ligan a uno tratándose de una mujer así? ¡Oh! si fuera una doncella honesta y candorosa, lo sé, no me quedaría más camino que cargar con ella y en el pecado llevaría la penitencia; sin embargo de que nunca ha podido entrarme bien eso de que hemos de ser nosotros los pecadores, ni sé hasta qué punto sea legal que las mujeres tengan monopolio para declararse víctimas ilustres de nuestras artimañas, cuando, en materia de doblez y picardías, son ellas las que pueden darnos veinte vueltas. Pero bien, legal o no, justo o injusto, se trata de Loulou, por el momento, de Loulou que se halla lejos de ser doncella y candorosa, que no es ni honesta, ni viuda siquiera, de Loulou que es lo que es y de la que estoy, se lo repito, hasta los tuétanos. Yo no he venido aquí buscando amor, sino placer; yo no quiero que me quieran, sino que me diviertan, que me engañen, que me exploten, que se rían de mí, pero que me hagan gozar, que me den *pour mon argent,* y maldito el goce ni la diversión que encuentro en ser como una especie de *primo donno* de Loulou. No es la vida insulsa del hogar lo que busco, lo que me pide el cuerpo no es la miel del himeneo, el plato desabrido de la familia. Para eso me quedo en mi tierra y hago lo que mis paisanos: casarme imberbe con una polla de calzones, tener un hijo cada año y llegar a viejo rodeado de un enjambre de criaturas, sin haber visto más, ni saber otra cosa de la vida, que mi mujer, mis muchachos, el club, la calle de Florida, Colón, Palermo y, si acaso, los baños de los Pocitos [166]. El programa no me hacía feliz, se lo confieso. Mi cabeza soñaba con otros horizontes, mis pulmones necesitaban otro aire, mi paladar y mi estómago me pedían otros manjares que puchero y asado y dulce de leche. Se me hacía agua la boca al pensar en el *bisque* [167] de Bignon [168]; por eso vine. Desgraciadamente, contaba sin el difunto. La mujer esta con su amor de cuerno está embarullándome el juego, me está

---

165 *Cachafaz:* (fam.) descarado, pícaro.

166 *Los Pocitos:* barrio y playa en Montevideo (R.O.U.). En 1875 se construyeron las instalaciones; en 1890 se inaugura el Hotel Nacional, y partir de entonces y hasta 1902 Montevideo será el balneario rioplatense de moda

167 *Bisque:* sopa generalmente en base a langosta y tomates.

168 *Bignon:* Chez Bignon. restaurant parisino muy reconocido durante el Siglo XIX en la zona del Palais-Royal

perjudicando, robando, saqueando como en el callejón de Ibáñez[169]... Pero, ¡voto va! entiendo que no sea así. En la primera ocasión que se presente la avento a los infiernos, echo a rodar con todo, me proclamo emancipado, sacudo el yugo. Entretanto y cambiando asunto, ¿quiere comer conmigo hoy? Seremos tres.

—¿Quién completaría el terno, Loulou?

—Iguale y largue; piso un poco más arriba: una condesa, *s'il vous plaît*?

—¡Diablo!

—Sí señor; como usted lo oye.

—¿Una condesa de veras?

—¡Nada, nada, qué esperanza! ¿Qué se figura que andamos tan dejados de la mano de Dios que no podamos rozarnos con la nobleza? Una condesa con condadura, si Dios quiere.

—¿Y con marido?

—Naturalmente, por ahí viene la relación. El conde es aficionado a la timbirimba [170] y, como está el pobre medio escaso y el otro día le presté unos pesos, no sabe qué hacerse conmigo. El agradecimiento, usted comprende... Consecuencia: vivimos a partir de un confite; me ha presentado a la señora de la que soy más amigo que Anchorena y, mientras el marido se lo pasa entre la ruleta y las *cocottes,* yo atiendo sus intereses, me ocupo de su mujer, lo reemplazo en sus funciones, soy su vice. He alquilado una casita en La Condamine [171] donde la condesa y yo tenemos nuestras bravas conferencias. Todo esto, con la sencillez del mundo, sin que nadie nos estorbe ni moleste. No conozco nada más cómodo que los maridos de estos mundos.

—Sí, el matrimonio aquí es una sociedad hecha para quebrar. Un nombre y una fortuna forman el fondo social. El va buscando dinero; ella, ser libre. El hombre elige a la mujer por lo que esta tiene. La mujer no elige a nadie; acepta al marido que le dan, galgo o podenco [172], como el medio más sencillo de llegar a hacer lo que se le antoja. Sin amor, sin afección, sin vínculos, cada cual endereza por su lado tirando a manos llenas al capital común, hasta que la caja queda tecleando [173]; del nombre, ni pedazos; del dinero, algunos restos. La sociedad se desfonda, la bancarrota está adentro, pero, eso sí,

---

169 *Callejón de Ibáñez*: en el camino de Buenos Aires a San Isidro, había un monte que se pasaba por un camino estrecho o especie de callejón, donde se emboscaban entonces algunos salteadores; y como ese monte pertenecía a un señor Ibáñez, el callejón tomó su nombre; nombre que los chuscos se lo aplicaron en la ciudad a los corredores o arcada de la casa del Cabildo, donde andan tropezando unos con otros los alguaciles, los procuradores, los escribanos y los jueces, etc., etc. (esta nota pertenece a la edición de 1872 del Santos Vega, y fue escrita por su autor, Hilario Ascasubi)

170 *Timbirimba*: (o timba) partida de juegos de azar.

171 La Condamine: pueblo en el principado de Mónaco al oeste del puerto homónimo

172 *Galgo o Podenco*: expresión para significar que no importan los detalles; *Podenco,* raza canina utilizado para la caza, muy antigua exiten indicios en las tumbas de los faraones egipcios, es menos elegante y ligero que el galgo.

173 *Tecleando*: (arg. fam.) andar tecleando, andar muy mal en un negocio; estar muy débil económicamente

las formas se guardan, se salvan las apariencias; la educación manda, ante todo, ser correcto. Uno junto a otro, usted los ve pasar irreprochables por la
"Avenida de las Acacias". Nobles, altivos, la cabeza erguida, son como los
caballos que los tiran: tienen la *allure* [174]. Pero, una vez que sueltan el freno,
es otra cosa: hacen lo que la yunta, que se muerde y se cocea si duerme en el
mismo pesebre. Por eso viven separados, por eso son como extraños, por eso
el conde juega al treinta y cuarenta mientras la condesa echa su partida con
usted. Pero, ande con pies de plomo, sea correcto usted también, si no quiere que la criada le salga respondona. Mire que, al enhornar, se hacen los pa-
nes tuertos y que, *malgré tout,* la gente esta suele tener cosquillas. A no ser que
su conde sea un *filou* [175], un conde engaña pichanga[176], su condesa una condesa de cartón y usted un pavo, perdone la franqueza.

—No hay de qué.

Y medio picado por dentro:

—Bien puede ser –prosiguió Pablo, acabando los restos de su cerveza–,
que me esté dejando mecer [177], pero lo dudo. usted mismo va a juzgar, por
otra parte, porque acepta, ¿no es verdad, come con nosotros? Insisto.

—¿Con qué pretexto, qué le va a decir a su Dulcinea, cómo explicar la
presencia de un intruso en un coloquio de amor?

—Eso corre de mi cuenta. Le diré que usted es un mozo serio, una persona reservada, que usted es mi compatriota, mi amigo, que entre los dos no
hay secretos, que pierda todo temor, que estoy seguro de usted como de mí
mismo. Le diré... en fin, no se preocupe por eso, yo me encargo del negocio,
déjeme hacer.

—Haga, mi amigo, haga, es usted dueño. Lo que observaba es por ella y
no por mí. Se me ocurría, desde luego, que puede no causarle risa a su conquista eso de que se le atraviese un tercero. Ahora, si usted opina lo contrario, meto violín en bolsa [178]. Lo que es yo, no me he de poner colorado, le ga-
rantizo.

—Convenido, entonces, a las siete en La Condamine, la última casa de la
calle Real, a la izquierda.

—Convenido, a las siete.

Así como así, pensé, no tengo nada peor en que perder el tiempo.

---

174 *Allure*: (fr.) forma de andar; apariencia
175 *Filou*: (fr. fam.) tramposo hábil; ladrón
176 *Engaña pichanga*: (arg. fam.) engaño, simulación
177 *Dejarse mecer*: (fam.) dejarse adormecer (como un niño en la cuna) y engañar
178 *Meter violín en bolsa*: (fam.) llamarse a silencio

XII

A la hora fijada, encontré solo a Pablo:

—¿Y?

—No me ha dado poco que hacer, le aseguro; he tenido que trabajar como un buey.

Ni a palos quería aceptar: "por quién me toma usted, qué dirá *ce Monsieur,* y mi marido, y mi reputación", y pitos y flautas, hasta que, al fin, he logrado convencerla a medias y hemos concluido por transar. Va a venir, pero es valor entendido que, entre ella y yo, no hay nada bizco. Se trata simplemente de un antojo de *enfant gâté* [179], de un capricho de mujer consentida y coqueta por conocer mi casa y pagarse el lujo de una inocente *cascade* [180]. Así pues, queda prevenido; no vaya a hacerme quedar como un negro. ¡Dios me perdone! amigo —siguió Pablo, echando un último vistazo sobre la mesa abundantemente provista—, me parece que lo he clavado, que la fiesta esta va a ser velorio; pero, en fin, una vez en el potro... ya sabe, resígnese, tenga paciencia y agradezcame la intención que ha sido buena.

Pocos momentos después, oímos el *froufrou* de una mujer en el zaguán.

Era la individua en cuestión: traje gris, pelo rubio plateado, ojos azules grandes, nariz filosa, boca fina, tez empolvada, labios y párpados pintados, buenos dientes, buena mano, buen pie y elástica y flexible en sus maneras; sangre pura, en fin, una mujer *pschutt* [181]:

—*Mon Dieu, Monsieur,* usted encontrará extraño, tal vez, que venga yo sola aquí. Pero el señor es tan amable, se ha empeñado tanto conmigo en que conociera su *pied–à–terre,* que he creído no deber rehusarme a su galante invitación.

—¡Oh! ¡Señora!... La amistad de Pablo con su marido basta, por sí sola, para explicar la presencia de usted en esta casa. Se encuentra usted entre americanos, por otra parte. Como diciéndole: no somos de su convento y no hay peligro de que se descubra el pastel.

—Sí, ustedes en América —me contestó tergiversando el significado de mis palabras—, educan de otro modo a la mujer; la hacen libre y soberana porque comprenden que ese es su verdadero rol en el mundo. Decididamente,

179 *Enfant gâté*: (fr.) niño consentido
180 *Cascade*: (fr.) cascada, sucesión de acontecimientos
181 *Pschutt*: (fr. argot) interjección admirativa

están más adelantados que nosotros.

—¡Ah! sí señora, muy adelantados. Lo que es en mi tierra, puedo asegurar a usted que las mujeres gozan de la más completa independencia, que hacen lo que se les antoja y da la gana. Si así seguimos, nada extraño será que, el día menos pensado, las veamos salir a la calle con faldones y otros atributos masculinos.

¡Van saliendo!, dije por dentro.

—Sería curioso...

—Y barato.

—Pero... *c'est charmant ici!* –exclamó, cambiando asunto de pronto y haciéndose la que no conocía la casa.

¡Mentira, por supuesto, que *charmant* había de ser! cuatro trastos viejos en un casucho de mala muerte.

—¡Ah! precioso –apoyé–, un nido de amor, un *bonbon,* vista espléndida, jardín delicioso. Vaya, amigo, a usted le toca hacer los honores de su casa. Muéstresela a la señora –agregué, de puro bueno y servicial.

—¿Y usted no viene?

—¿Para qué? Yo me lo sé de memoria ya.

—Si la señora me permite, entonces, voy a servirle de cicerone.

—Con mucho gusto.

Y ambos salieron y echaron un rato en hacer lo que podían haber hecho en un momento, desde que la casa estaba abierta toda y no tenían puerta alguna ni entrada que violentar.

Sólo que, como las mujeres son de suyo entrometidas y curiosas, lo que hubo, probablemente, es que la condesa no se dio por satisfecha mientras no se registró con Pablo hasta los últimos rincones del cuerpo de edificio y del jardín.

Así fue que volvieron medio azorados, pidiéndome perdón por la tardanza y por haber abusado de mi paciencia:

—No hay de qué... –repuse sentado tranquilamente junto a un balcón–. He estado contemplando el mar; a mí me gusta mucho contemplar el mar.

—¿Es usted poeta, señor?

—No, señora, soy filósofo... estoico. Soporto todas las cargas de la vida tan fresco y tan conforme como usted me ve en este momento.

—Pero, a propósito –interrumpió Pablo sacando el reloj–, son más de las siete y media, ¿si comiéramos? Declaro que tengo un apetito de Heliogábalo [182].

—Claro, pues, el movimiento, el ejercicio, no hay aperitivo mejor. ¿A que a la señora le sucede otro tanto?

—¡Sí! comería un pedazo de pan, no lo oculto.

—¡A la mesa, entonces!

182 *Heliogábalo*: o Elagábal (Sexto Vario Avito Basiano, Emesa, Siria, c. 204-Roma, 222). Emperador romano (218-222). Su sobrenombre, *el gebal*, proviene la piedra negra adorada en el culto al Sol en Emesa. Fue proclamado emperador por su legión. Sumamente extravagante en sus costumbres y desmedido en su apetito.

A la mesa...

Cuando, ¡adiós con los diablos! Un entrevero de voces llegó en tumulto hasta nosotros:

"–No hay nadie, señor.

"–Déjeme pasar.

"–Le repito que no hay nadie.

"–¡Déjeme pasar, vive Dios!"

Y se oyó el ruido como de un cuerpo que sacuden contra el suelo, la puerta se abrió como viniéndose abajo y un hombre y una mujer entraron de sopetón y se nos plantaron por delante.

—¡Mi marido!

—¡El conde!

—¡Lucas Gómez y Loulou!

Vi el momento en que se armaba la más tremenda *safacoca*[183], en que la farsa acababa en tragedia, en que volaban los platos y las botellas, los espejos se hacían trizas y la sangre corría a chorros.

Ni medio; el conde susodicho había sido un señor perfectamente correcto.

Pálido como un cadáver, jadeando de fatiga y de emoción, las narices dilatadas, las ropas en desorden, pero digno, a la vez, frío y sereno en su coraje:

—Deploro, señores –dijo completamente dueño de sí mismo–, y pido a ustedes, desde luego, mil perdones por haberme visto en el caso de llegar hasta aquí de una manera que repugna a mi carácter. Pero esta mujer es mía, me la han robado y vengo a reclamarla: ¡sígame usted, señora!

—Escucha, oye un instante...

—Salga usted, yo se lo mando –agregó, señalando la puerta con un gesto ceñudo de autoridad.

Señor   balbuceó Pablo , le protesto...

No es este, señor, el lugar ni el momento de explicarnos. Tendré el honor de volver a verme con usted.

Y mientras la condesa azonzada, sin saber lo que le pasaba, obedecía como un ente, el marido impasible desaparecía tras de ella, clavando en Pablo una mirada glacial.

Nos quedamos mirándonos las caras: yo tentado de soltar la risa, mi amigo apampado [184] y Loulou como la estatua del Comendador [185], con la diferencia de que no había sido convidada:

—¡Grandísima oveja –rugió de pronto Pablo como un trueno–, degradada, canalla!– Y, en un salto de gato, la atropelló ciego de rabia y la cruzó de un revés.

—¡Degradado y canalla es el cobarde capaz de azotar a una mujer! –grité, arrojándome indignado sobre él y, mientras, con un esfuerzo enorme, lograba tenerlo sujeto de los brazos–: ¡Vete –dije a Loulou–, vete de una vez tú, qué diablo haces aquí!

183 *Safacoca*: zafacoca, baraúnda, escándalo
184 *Apampado*: de *pampay* (voz Quechua) enterrado, achatado, acobardado
185 *Comendador*: se refiere al comendador Don Gonzalo de Ulloa de la obra "el burlador de Sevilla y convidado de piedra" de Tirso de Molina

La postración más completa no tardó en suceder a la violencia de la crisis.
Anonadado, deshecho, Pablo se dejó caer sobre un sillón:

—Tiene razón –balbució–, soy un miserable, un cobarde, lo que acabo de
hacer es el colmo de la indignidad... Abofetear a una mujer, yo, qué vergüenza, Dios eterno, qué vergüenza –agregó hundiendo la cabeza entre las manos–, ¡hasta qué punto he podido descender!

—¡Ah! sí, su conducta no ha sido de lo más bonito, que digamos.

Levantar la mano sobre el otro sexo, *c'est raide!*[186] ¡Pero, en fin! –exclamé
después, movido a lástima al ver al pobre diablo tan aplastado y tan mohíno–,
lo ha hecho usted en un momento de mucha rabia... Con eso y con que salga
de aquí derecho a pedir a esa mujer que se sirva perdonarlo, puede enmendar
la plana[187], raspar a medias el borrón que se ha echado sobre el alma.

—¡Eso jamás, Loulou es una infame que me a traicionado!

—Infame... infame... hasta por ahí. En primer lugar, ignoramos lo que ha
pasado; no sabemos si el conde ha venido aquí de su cuenta y riesgo, si se ha
encontrado por casualidad con Loulou, o si ella lo ha traído. Usted cree esto
último, yo también y, aunque es malo avanzar juicios temerarios, suponga-
mos que así haya sucedido. Mirando las cosas a sangre fría, convengo en que
ha hecho mal; pero póngase en su lugar cuando las faldas andan con los cascos alborotados, amigo, hacen cada temeridad que canto el credo[188], lo sé por
experiencia, y Loulou lo quiere a usted, lo quiere como una loca aunque la
cosa parezca broma.

—¡Oh! ¡déjese de historias!

—Lo adora, le digo, me consta. He conversado con ella esta mañana y usted sabe que yo no soy un nene para estarme chupando el dedo y que nunca
me ha dado por tirarla de campeón de las mujeres.

—¡Qué amor quiere que sienta esa!

—¿Y por qué no?

¿No le ha sucedido nunca, siendo muchacho, saltar un cerco de pitas[189],
treparse a un árbol de duraznos, sacudirlo, pisotearlo, descascararlo, desga-
jarlo, dejarlo, en fin, como si una manga de langostas le hubiera caído encima, volver al año siguiente y encontrarlo otra vez cargado de fruta?

—Y bien, ¿qué quiere decir con eso?

—Quiero decir que las mujeres son así, que una manga de hombres ha
pasado por Loulou, la ha pisoteado y la ha roto, pero que el amor ha sido para ella lo que el sol y el agua para las plantas y que hoy está brotada de nuevo. Por eso se ha metido en cuentos, por eso lo ha traicionado, como dice usted, porque lo quiere de veras y porque el que quiere de veras no sabe de
aparcerías, no entiende de "fumo el suyo," de andar a medias con nadie. Porque el amor, en una palabra, es esencialmente celoso y egoísta, porque vive
mientras no se llena, como el monstruo de la leyenda y porque, como él, sal-

---

186 *Raide*: (fr. fam.) difícil de creer o aceptar
187 *Enmendar la plana*: corregir a último momento, de la acción de cambiar el texto
     luego de armadas las ramas tipográficas en la imprenta
188 *Canto el credo*: (fam.) digo algo archisabido
189 *Pita*: *magüey*, planta espinosa americana

ta y muerde si le arrebatan la presa que tiene entre las garras. No culpe, pues, a Loulou de haber hecho lo que ha hecho porque es lo que es. Acúsela más bien de haber nacido mujer con todos los extravíos, las pasiones y las miserias de las mujeres y, en lugar de estarse ocupando en llamarla infame y otras yerbas cuando su dignidad de hombre está de por medio y no tiene tiempo que perder, vaya a cumplir de una vez lo que su deber le manda. Sobre todo, piense en su hijo.

Pablo, a todo esto, callado.

Cabizbajo y meditabundo, se iba de pared a pared sin articular palabra:

—Noto –le dije después de haberlo esperado un rato–, que se halla usted poco dispuesto a dar su brazo a torcer. ¡Con su pan se lo coma, últimamente! –exclamé de todo punto fastidiado al verlo tan ruin y tan pequeño. ¡Dios lo guarde!

—¿Se va?

—Nada me queda que hacer aquí y veo que lo mejor es no meterse uno en lo que no se le importa –acabé por contestarle agarrando mi sombrero y mandándome mudar, no sin antes haberme visto en el caso de administrar una brava friega de aguardiente al desgraciado portero, a quien hallé doblado en dos en el zaguán, con las carnes magulladas por el porrazo que había llevado.

XIII

Pero estaba de Dios que no me habían de dejar vivir tranquilo.

Pablo me pescó en la cama a la mañana siguiente:

—¿Qué lo trae?

—He recibido anoche la visita de dos caballeros acompañados de diez mil francos. Los diez mil francos son los prestados por mí al conde.

—¿Y los dos caballeros?

—Padrinos del referido señor.

—Le paga y lo desafía. Es decir, salda sus cuentas con Vd. para adquirir el derecho de despacharlo legalmente al otro mundo. Muy bien hecho, el proceder es de todo punto correcto, nada encuentro que observar.

—Sí, pero es el caso que yo también necesito padrino.

—¿Y?

—Y...

—¿Y se ha acordado de mí para soplarme la píldora [190], no es eso?

—Naturalmente, ¿a quién quiere que acuda sino a usted, cuando no conozco a nadie aquí?

¿No es usted amigo mío, por otra parte?

—Según; yo no tengo sino amigos decentes.

—¿Me hace la gracia de explicarme lo que eso significa? –dijo Pablo queriéndose encoger al sentir que le había entrado la punta.

—¡Cómo no! Significa que, antes de aceptar su cosa, deseo saber dónde está Loulou.

—En el hotel.

—Ya, en el hotel, pero, ¿y...?

—¡Qué poco conoce a las mujeres a pesar de sus cuarenta años, usted!

Es muy capaz de figurarse que, poseída de santa indignación en presencia del insulto bárbaro y sangriento, fuerza me ha sido caer postrado de hinojos a sus plantas...

—¡Es lo que debía haber hecho!...

—Y es lo que estaba dispuesto a hacer. Dominados los primeros impulsos de la rabia, la salida de usted, el modo como me dejó, su actitud y sus pa-

---

190 *Soplar la píldora*: el dicho es "dorar la píldora" que consiste en suavizar con artificio y blandura la mala noticia que se da a alguien o la contrariedad que se le causa.

labras, produjeron en mí, se lo confieso, una impresión profunda. Fue sólo entonces que medí toda la enormidad de mi culpa, todo lo mezquino y lo mandria que me había mostrado ante sus ojos. Confundido y lleno de vergüenza, volvime pues al hotel, resuelto a rehabilitarme, si es que rehabilitación cabía, cuando, al abrir la puerta de mi cuarto, Loulou, llorando a gritos, fue la primera en arrojarse a mis pies, abrazándose de mí como una loca.

—Lo felicito.

—¿Por qué?

—Porque tiene Vd. una mujer que no merece.

—¡Bonito perro! Ella no más es la que ha armado toda la historia.

—¡Ah!, ¡ah!

—Tenía clavada entre ceja y ceja a la condesa. Ayer nos siguió, nos espió y arrebatada por los celos, dice, en un momento de aberración y de extravío, fue y le sopló todo al conde.

—¡Pobre mujer!

—¿Sabe que está poniéndose muy cargante usted con sus exclamaciones y sus lástimas? ¡Se diría un corderito guacho en poder de los caranchos! [191] ¿Pobre ella? ¡Pobre la otra, infeliz que, sin comerla ni beberla, es la que ha venido a pagar el pato!

—Sin comerla ni beberla, ¿eh? ¡Angelito! ¡Esa sí que no lo ha robado y que puede decir que lleva su merecida en toda regla! Oigame, ¿y Loulou sabe que lo han desafiado?

—Hum... me lo temo. Estaba conmigo anoche cuando me anunciaron la visita de los dos individuos. Los recibí en la pieza de al lado y, aunque hablamos en voz baja todo el tiempo, es más que probable que Loulou se lo haya pasado pegada al ojo de la llave. Usted sabe lo que son las mujeres. ¡No sería chica broma! ¡Cómo no se le ponga servirnos de estorbo, dar parte a la policía y, con la más santa intención del mundo, hacer un pan como unas hostias, dejarlo en ridículo a usted, que vayan a decir los otros que ha tenido miedo y que se ha valido de su querida para impedir el lance!... Por las dudas, bueno será que yo le hable y la tantee. Entretanto, ocupémonos de su asunto. ¿Qué ha convenido con los padrinos del francés?

—Que se vean con usted hoy a las dos de la tarde.

—¿En dónde?

—Aquí.

—Precisemos: usted me encomienda su bulto, ¿no es verdad, me da carta blanca, me autoriza a hacer lo que mejor me cuadre y me parezca?

—Le doy poderes plenos y absolutos.

—Muy enhorabuena. Nosotros somos los desafiados, nosotros elegimos –dije como hablando solo–. No es lo más derecho, pero me conviene en este caso.

¿Tira usted alguna arma?

---

191 *Carancho*: ave de rapiña de la familia de las falcónidas. De medio metro de largo, parda, de cabeza blancuzca. Falco Australis.

—Si por tirar un arma, entiende hacer saltar el tapón de una botella a diez o quince varas de distancia, con una bala de pistola montecristo, tiro la pistola.

—¿Sí, eh? ¡pues no cualquiera zonzo hace otro tanto! ¿Y cuando ha aprendido esas maravillas, Vd.?

—Cuando mi señor padre me tenía vegetando miserablemente al cuidado de una majada de ovejas, bajo pretexto de que, para que llegue el hombre a ser hombre, bueno es que coma *vache enragée,* como decía el pobre viejo. En las horas de la siesta en que no sienta uno sino el calor de un sol que raja, ni oye más que el canto de las chicharras, ni ve otra cosa que el cardal, cuyos troncos apeñuzcados y secos, temblando entre los vapores del campo, parecen batallones de fantasmas, en esas horas tremendas, matadoras, embrutecido de *spleen* y de fastidio, me dejaba caer sobre un sillón bajo el corredor de mi puesto, tiraba un corcho al suelo y, armado de una caja de balas, me pasaba las horas haciéndolo rebotar por el patio, más lejos cada vez, hasta que lo perdía de vista. Muchas fueron las balas que gasté, pero llegué, a la larga, a adquirir cierta baquía, cierto tino, cuya aplicación al caso puede hacer hoy si la ocasión se presenta y le parece.

—Allá veremos; todo está en que su rival se preste a servir de corcho. Una palabra más: ¿quiénes son los padrinos del susodicho?

—Aquí tiene las tarjetas.

—Barón de... qué sé yo cuántos y vizconde de... etc., etc. ¡Pura sangre azul, pura crema! Lo mismo es Chana que Juana –dije, dejando caer sobre mi mesa de luz los nombres de esos caballeros–. Bueno, seguí, ahora necesitamos a otro más.

—¿Qué, no basta con usted?

—Sí; para lo que es hacerle romper la crisma a usted y ayudarlo, después, a bien morir, en rigor, basto yo solo. Pero como el código manda que sean dos y como el conde los tiene, sería poco lucido que se presentara usted tan escaso de personal.

—¿Y a quién diablos voy a buscar yo ahora?

—Ahí está el *busilis* [192], usted no conoce a nadie, ni yo tampoco. ¡Ah! aguárdese – exclamé después de pensarlo un rato–. *Eureka! J'ai mon homme.* Vaya y tráigame al cónsul argentino.

—¿Al cónsul argentino?

—Sí, hombre, al cónsul argentino en Mónaco, un antiguo protegido mío; yo le hice dar el empleo. Es un trompeta [193], pero no importa. ¡Vea si siempre sirve tener amigos!

—¿Y por un trompeta me quiere hacer representar?

—¡Oh! que delicado, parece hijo de Mitre, usted. El que no tiene más... Eso no quiere decir nada por otra parte, para bulto puede servir.

—¿Y a Mónaco me he de largar a buscarlo?

—No ha de necesitar costearse tan lejos. Por ahí no más, junto a una me-

192 *Busilis*:: voz de uso jocoso que significa el punto en que estriba una dificultad
193 *Trompeta*: hombre ruin, despreciable

sa de ruleta, lo ha de encontrar pichuleando [194], ocupado en aliviar al prójimo del peso de alguna pieza de cinco francos. ¿Lo conoce?

—No.

—Pregunte a cualquier empleado por él. Ha de ser carta muy conocida
en la cancha. La policía lo ha de tener filiado. Las once y treinta y cinco minutos –exclamé dando un salto de la cama–. Mientras tanto, yo me visto, almuerzo y me aseguro de Loulou.

---

194 *Pichulear*: (fam.) buscar afanosamente ventajas o ganancias pequeñas en
    compras o negocios.

XIV

Sabía ésta todo, por supuesto; me lo confesó al poco andar:

—Te prohíbo terminantemente –le dije–, que hagas otra cosa tú que meterte en un zapato y taparte con otro, ¿me entiendes? Las polleras están de más en estas cosas.

—¡Después de lo que he hecho yo, qué más puedo hacer ahora que desesperarme y llorar y rogar a Dios por Pablo!

—¿Rogar? Convenido, todo lo que quieras, cuanto credo y padre nuestro se te ocurra; eso no perjudica a nadie, al contrario. Pero, lo que es salir del terreno abstracto, ingerirte [195] en el asunto y tratar de impedir directamente o indirectamente el duelo, si es que duelo ha de haber, ni se te ponga.

—¿Impedir yo el duelo? Jamás. Pablo debe batirse y Pablo se batirá. No seré yo quien lo estorbe.

Ante esta respuesta de hombre, cuando esperaba una salida de gallo criollo, sorprendido y empeñado, por lo mismo, en despejar la incógnita, en resolver el problema que tenía por delante, problema vivo, encarnado en una mujer y, lo que es más, en una mujer perdida:

—Comprendo –le contesté encajándole la lanceta a guisa de estudio sicológico–, si a Pablo lo matan o lo hieren, te vengas; si Pablo hiere o mata, la sangre del marido es una zanja cavada entre aquel y la mujer. Haces de todos modos un magnífico negocio; veo que has estudiado la cosa a fondo y que no tienes un pelo de tonta.

—Si Pablo muere, me arrancan de un golpe el corazón; si el conde es el que sucumbe, su muerte arroja a la condesa en los brazos de Pablo. Ya ve que de todos modos pierdo y que el negocio, como dice usted, lejos de ser magnífico, me arruina.

Pero, un momento después:

—¡Este hombre –exclamó levantándose de pronto presa de una agitación–, ¡este también que ayer no más afectaba creer en mí!... quiere decir que todo es inútil, entonces, que la expiación es fatal, el castigo sin remedio, que estoy condenada, condenada para siempre!... ¡Ah! ¡pasado infame, mil veces maldito seas, maldita mil veces tu madre que no conozco, mil veces mal-

195 *Ingerirse*: tomar ingerencia, involucrarse en alg una cosa

ditas tus entrañas! ¡Por qué al parirme –rugió en una blasfemia atroz–, no me ahogaste más bien entre tus nalgas inmundas!... Imbéciles –prosiguió en el colmo de la exaltación y del delirio–, y hablan de Dios después, de un Dios de misericordia... mentira, ¡no hay Dios!

Y arrancando al vidrio de sus ojos quemados por la fiebre una mirada insensata de reto que lanzó al cielo, desgarrado el pañuelo entre los dientes, rígida como una muerta, los dedos retorcidos, crispada toda entera en un espasmo supremo, fue una imagen a la vez horrible y sublime del dolor.

Me parece que he ido demasiado lejos, me dije al contemplarla así, compadecido y pesaroso.

Hay exceso de combustible y puede reventar el cilindro. A ver una válvula de escape...

A mi turno, entonces, me levanté, me acerqué a ella, le tomé con dulzura las manos, la agarré después de la cintura y, dejándome resbalar a una silla, la senté, poco a poco, sobre mí, en un aflojamiento blando de su ser, en una molicie inconsciente y mansa de sus miembros.

Murmuró una queja:

—¡Qué le he hecho yo para que me trate de ese modo!

—¡Pobrecita! perdona. He sido grosero y cruel.

Y, en una sonrisa triste, cerró los ojos, su frente caída en la mía, su aliento quemándome la boca, ardiente, abrazador, cortado aún a bruscos sobresaltos, últimos azotes del dolor cansado.

¡Estaba linda así, linda de comerla a besos!

Luego, nos envolvió un silencio largo, turbado sólo por un ruido metálico de cubiertos salido del comedor, como el eco lejano de un canto de ranas.

Fue una contemplación muda, absorbente, casi mística de aquel ser noble, purificado, a mis ojos, de aquella criatura generosa y desgraciada, reposando sin recelo sobre mí con el abandono casto de las hijas en brazos de sus padres.

Pero, bruscamente, como el remolino, barriendo el suelo, levanta una tormenta, la presencia de aquella mujer, su contacto, el roce de su cuerpo con mi cuerpo, provocó en mí un estallido brutal de sensualismo.

Fue un vértigo, un marco, una borrachera.

Una ola de sangre golpeó mi sien, un velo oscureció mis ojos, una nube me hundió en tinieblas, y lealtad, conciencia, amistad, deber, el edificio entero sacudido, crujió y se vino al suelo.

La materia, la carne, la hembra sola quedó de pie sobre las ruinas:

—¡No, no quiero –dije entonces, dando un grito a pesar mío y arrojando a Loulou lejos de mí en un esfuerzo infinito–, no puedo!

—¡Qué es lo que no puede! –exclamó ella en el colmo del asombro, como al salir de un sueño.

—Quedarme más tiempo aquí contigo, hija –le contesté como si me corrieran los indios, y disparé puerta afuera.

XV

En la calle, tuve una tristeza. Acababa de cometer casi una infamia; esta idea me atormentó.

Una mujer había bastado, ¡y qué mujer!

Cien veces se me había cruzado en el camino y cien veces había yo seguido de largo con el gesto indiferente del que está harto y a quien ponen nuevos manjares por delante.

¿En qué estribaba, entonces, mi orgullo y mi soberbia ese sentimiento altanero de menosprecio hacia los otros, a qué ese encierro de mi yo en los míos, a qué el círculo estrecho de elegidos de donde no habían salido jamás mis afecciones, las afinidades íntimas de mi alma, en el que había vivido siempre, pegado como una concha a su tosca [196], porque sólo en él encontraba a los que creía mis iguales?

¿Mis iguales?

Mis iguales eran todos ahora, era cualquiera. Contagiado, manchado yo también, podía tenderles la mano y confundirme con ellos en un abrazo común.

¿No había estado a punto de delinquir como el más vulgar de los pillos, de hacer traición a la amistad y a la fe, de engañar a un hombre que confiaba en mí, de ofender, en un arranque de pasión salvaje, a la mujer que, purificada al fuego de un sentimiento grande, simbolizaba a mis ojos la virtud?

Y en el escape loco de mi razón, con la fuerza rabiosa de las desilusiones, sofrenándome a dos manos, pleiteaba [197] circunstancias atenuantes.

Pablo no había sido nunca mi amigo, mi conocido apenas. ¿Qué vínculos nos ligaban? Ninguno; una simple relación de mundo, de esas que se hacen hoy y que se deshacen mañana; el azar de haber nacido bajo el mismo sol, de habernos conocido en un viaje, he ahí todo.

¿Por qué me alarmaba, entonces, a qué venían esos escrúpulos, toda esa hojarasca, esa vana polvareda?

Sobre todo, Pablo era un degradado, un canalla que azotaba a las mujeres.

Y Loulou, dónde la dejaba... ella... ¡Loulou buena pieza!...

¿Quién me decía que no había estado riéndose de mí, que toda la escena

196 *Tosca*: piedra caliza porosa que suele encontrarse en las orillas de ríos y lagunas
197 *Pleitear*: (metáf.) presentar argumentos como en un juicio

aquella, su desesperación y sus llantos, no habían sido una farsa, una comedia?

Decididamente, era el colmo de la estupidez y del ridículo. Solo no más me había estado dando cuerda y saliendo de la vaina.

Pero, de pronto, mordiendo el freno con más ganas, volvía a salir matando.

Qué me importaban a mí los otros, ¿se trataba de ellos acaso? No, de mí, de la pureza de mis actos, de mi delicadeza, de mi propia dignidad, del respeto que yo mismo me debía.

Se trataba de mi conciencia, en una palabra, ese perro de guardia que me estaba ladrando a la oreja.

Al fin, cansado de disparar bebiéndome los vientos, poco a poco, como caballo desbocado que agarra el campo, me fui sujetando solo y me paré.

Sí, era feo, era indigno, era desleal, pero era humano y yo era hombre.

XVI

Reunidos los señores: yo y el cónsul, por Pablo, y, por el conde, el vizconde y el barón, fue esto, poco más o menos, lo que hubo en sustancia:

El último tomó la palabra y dijo: que había sido nombrado con el otro para exigir una reparación en el terreno a la sangrienta ofensa inferida a su amigo y cliente; que el hecho de que se trataba era de esos que no admiten discusión, por lo que se abstenía de entrar en comentarios incongruentes; que la cuestión podía sólo dirimirse en el terreno del honor; que un duelo a muerte era inevitable y que, usando de su derecho de ofendido, el conde elegía el florete y dejaba a nuestro arbitrio fijar el día la hora y el lugar.

A lo que me apresuré a contestar agradeciendo atentamente este último acto de deferencia y de política, pero tomándome, a la vez, la libertad de hacer una ligera observación de detalle. Ni había habido ofensa sangrienta, ni hecho, ni cuestión que no pudieran discutirse ni ventilarse en paz, ni duelo inevitable, ni derecho en el conde para elegir florete ni nada. ¿Y, entonces? Las cosas habían pasado sencillamente así: Encontrándose nuestro comitente en su casa, comiendo en compañía de una señora perfectamente digna y de un amigo, el marido de dicha señora, arrastrado, sin duda, por su carácter irreflexivo y violento, después de una escena de pugilato a que provocó al portero, escena extraña, cuando menos, en un hombre de cuna hidalga, permitióse entrar, echando casi la puerta abajo y, descuidando hasta las reglas más vulgares de urbanidad y buena crianza, intimar a su mujer de una manera brusca y ruda que hubiese de seguirlo. Este proceder inusitado, por no emplear una calificación más dura, constituía una violación formal de domicilio, con la circunstancia agravante de vías de hecho, golpes y heridas, a la vez que un insulto grave a la persona del propietario de la casa y a la de la señora en cuestión, la que, por el hecho de encontrarse allí, se hallaba bajo la salvaguardia y la protección de aquel. Fundados en estos antecedentes y felicitándonos de que el contrario se hubiese anticipado a nuestras miras, éramos nosotros los que exigíamos una satisfacción por el atropello cometido, con excusas a nuestro representado, o, en su defecto, una reparación por las armas, en cuyo caso, dado nuestro doble carácter de ofendidos y desafiados, nos pertenecía de derecho la elección de dichas armas, así como la determinación de las otras condiciones del lance. ¡No queríamos, sin embargo, llevar las cosas a sangre y fuego, deseando ante todo, en atención a los graves deberes de humanidad que sobre nosotros pesaban, apurar todos los medios de conciliación a nuestro alcance. Seríamos benignos, pues, e iríamos hasta declarar satisfecho el honor con una simple carta de excusas dirigida a nuestro poderdante, dictada por nosotros y firmada por el agresor.

Este giro de la cuestión, encarada bajo un aspecto imprevisto y nuevo, sublevó un coro destemplado de protestas y un cambio áspero vivo de palabras que hubo de poner en peligro la seriedad del debate y la solemnidad del acto.

¿Pretendíamos, acaso, reírnos de ellos, tomarlos, como quien dice, para el *titeo*[198], una mujer a quien su marido sorprende en una cita con su amante, y teníamos el aplomo y la audacia de negarlo?

Pst, pst, poco a poco...

Entendíamos, ante todo, que se sirvieran bajar la prima [199], previniéndoles que estábamos poco de humor de aguantar pulgas.

Y yéndonos, enseguida, al grano:

¿Si lo negábamos? Sí, lo negábamos, lo negábamos con toda la fuerza de nuestra convicción y de nuestros pulmones. Entre la condesa y Pablo, no había habido gato ni picardías.

Amigo del marido, a quien había prestado acaso algún servicio, nos permitíamos recordarlo de paso, era amigo también de la mujer, amigo desinteresado y leal.

¿Qué extraño, entonces, que ella honrara su casa y se dignara aceptar un rincón de su mantel?

Hacía un tiempo precioso, había salido a tomar el aire, acertaba a pasar en circunstancias en que entrábamos nosotros, Pablo la invitó a descansar, estaba cansada, aceptó, era la hora de comer, íbamos a sentarnos a la mesa, sentía hambre, ella también se sentó.

¿Y de ahí?

Honni soit qui mal y pense![200] Y si el conde se tenía tan poca fe que eso bastaba para que se creyese lo que no era, lo que no lo había hecho Pablo, por lo menos, si tan nula era la confianza que depositaba en su esposa, una persona muy buena y muy decente, al parecer, con Dios, peor para él.

Para nosotros, la condesa era inocente y ahí no apeábamos [201].

Aquí, mis contrincantes medio enredados en las cuartas, dijeron experimentar la necesidad de ir a consultar el punto. Así lo hicieron, volviendo, al poco andar, con el siguiente parte:

El conde estaba en sus trece. Seguía representando grilla [202] la inocencia de su mujer, lo que prueba que no era tan zonzo como la mayoría de sus colegas. Pero tenía tales y tantas ganas de trenzarse con Pablo, decía, que renun-

---

198 *Titeo*: burla, mofa; tomar para el titeo (fam.) tomar a alguien como objeto de burla.
199 *Bajar la prima*: (metáf.) bajar el tono, calmarse; en la guitarra bajar el tono de la primer cuerda (prima).
200 *Honni soit qui mal y pense*: (fr.) sea honesto quien piensa mal
201 *Apearse*: (fam.) ser disuadido, cambiar de opinión
202 *Grilla*: (fam.) algo escuchado que resulta no creíble; proviene de la hembra del grillo, que no produce sonido

ciaba todo con tal de que hubiera duelo y de que el duelo fuese *à outrance* [203].

Me pegaban en el clavo; a ese terreno quería traerlos y nada más que por eso había estado haciendo fuerza. Ahora les llevábamos nosotros la media arroba [204].

Me apresuré, pues, a aceptar más que ligero y, quedando así reanudado el debate, arribamos de común acuerdo a un ajuste del tenor siguiente:

El duelo sería a pistola; las dos cargadas; los adversarios de pie firme a quince pasos de distancia; harían fuego dentro de los seis segundos siguientes a la señal convenida y no después; se batirían hasta tanto que, a juicio nuestro, uno de los dos quedara a la miseria.

A las seis de la mañana del día siguiente en el jardín de lo de Pablo.

Esto último me costó un triunfo. Los otros querían ir a Francia, pero hice hincapié por cábula: el recuerdo de su mujer, la vista del teatro de los sucesos, me dije, le han de dar rabia al marido y le han de hacer temblar las carnes.

---

203 *À outrance*: (fr.) sin límites ni tregua
204 *Llevar la media arroba*: llevar la ventaja (en las carreras de caballos)

XVII

Una barrera de púrpura, como el muro encantado de un palacio de hadas, bruscamente, cortaba el horizonte sobre el espejo líquido del mar, mientras los picos de los Alpes, gigantes envueltos en sudarios, se teñían de rojo ellos también, semejantes a un reflejo del incendio en que Dios iba a abrazar al mundo.

Por el manto verde tendido sobre el suelo, los pájaros gorjeaban el eterno estribillo de sus canciones con la franca alegría de la inocencia.

Las flores abrían su seno estremecido en acceso amoroso con la luz.

El soplo de la brisa, como los aleteos del agua en la arena de la playa, rizaba de ondas fugitivas el tripe [205] de los céspedes.

La naturaleza toda, aburrida de sueño y de tinieblas, se despertaba dando un grito de contento al ver el sol.

El hombre, el hombre, únicamente, haragán y vicioso, dormía aún pegado a sus blanduras en el aire encerrado de sus guaridas.

Y, al contemplar a Pablo cruzando con paso acelerado aquellas calles solitarias, habríase dicho que, marcado por el dedo del destino, en el desesperado anhelo del condenado a muerte por vivir, sólo él había desterrado el sueño de sus párpados, buscando en la contemplación de la obra de las obras una hora de compensación siquiera, a la pérdida eterna de su vida.

El cónsul y yo esperábamos en el coche que había traído a éste de Mónaco y que creí oportuno retener a todo evento.

Al abrir Pablo la puerta de la casa —había alejado ex profeso a su criado, testigo importuno de lo que iba a pasar allí— tuve un recelo secreto, casi un terror.

Me pareció ver a aquel hombre haciendo girar él mismo la llave en la cerradura de su sepulcro.

El pasadizo estrecho y oscuro, las habitaciones desiertas y, luego, el jardín con su falso aire de cementerio de aldea, su cerco de pared y el cono de sus pinos, acabaron de llenarme de negras aprensiones.

Fue como el presentimiento, la certeza, la intuición de un desenlace fatal.

Uno de aquellos hombres iba, seguramente, a morir y yo presenciaría su muerte, me haría cómplice de ese atentado: un crimen.

Luego, en la inquietud, en la preocupación profunda de mi espíritu, lo

205 *Tripe*: tela de lana parecida al terciopelo

que había hecho llegó a pesarme como plomo en la conciencia.

Antes que el conde lo desafiara, ¿por qué no había agarrado más bien a Pablo, lo había metido en un vagón y le había aconsejado, sin más vueltas, que fuera a parar a la loma del diablo?

Sí, era mucho más sencillo y más práctico, quedaba así resuelta la cuestión, cortado el nudo a lo Alejandro [206], de un revés, en vez de quererme meter a desatarlo como un zonzo.

Si se hubiese tratado de uno de mis amigos, de alguien acreedor a mi respeto, a mi consideración siquiera o de mí mismo, era otra cosa, ¡nobleza obliga y qué remedio! no se pescan truchas sin tomar baños de asiento.

¡Pero Pablo! ¡qué me importaba a mí de Pablo, ni qué le importaba, por último, a él, cachafás! Nada, al contrario, de ese modo habría podido después andar diciendo que se lo había fumado [207] al francés y riéndose él mismo a carcajadas de la cosa.

Pero no, tomando a lo serio mi papel, creyéndome padrino en toda forma, hacía un drama sangriento de lo que podía haber sido sólo una farsa ridícula y grotesca.

Me había portado como un chambón y toda la responsabilidad de la sangre que iba a derramarse por mi causa, caía exclusivamente sobre mí.

Sordamente, entonces, en la corriente negra en que flotaba, con la obsesión tenaz de los remordimientos, mi cabeza excitada trabajaba, buscaba aproximaciones, puntos de analogía y de contacto que reagravaran más aún la magnitud de mi culpa.

Un hombre alarga el brazo, me decía, toca un resorte, cae la cuchilla del fúnebre aparato y, con ella, la cabeza de otro hombre. Justicia ha sido hecha y, sin embargo, el ejecutor, el verdugo, el verdugo de la ley, su oficio infame, llama sobre él la maldición y el desprecio de la humanidad entera.

¿Qué otra cosa que verdugos somos, entretanto, nosotros los que matamos alcanzando una espada o una pistola, qué más hacemos que un oficio infame también, inhumano y odioso, cuando, erigiéndonos en árbitros supremos de la vida ajena, ponemos a dos hombres frente a frente invitándolos a que se maten?

Verdugos, verdugos del honor, si se quiere, pero verdugos de un honor de contrabando, desconocido, absurdo, sin sanción, tolerado, apenas, como se toleran ciertas monstruosidades sociales hijas de la miseria humana, como se soporta la prostitución, dique podrido, opuesto al torrente de la podredumbre.

Sí, el duelo era a la razón, lo que el lupanar a la moral, uno y otro repugnantes, pero impuestos ambos por la cara de hereje de la necesidad, ya que la sociedad era tan mandria que levantaba sus cárceles y sus cadalsos para los desgraciados que nos piden la bolsa o la vida, mientras reservaba el esplendor de sus palacios para el ladrón que nos roba lo que vale mucho más.

Y con la lógica enferma de los monómanos [208], cuando se les aprieta el re-

---

206 *A lo Alejandro*: a la manera de Alejandro; referencia a Alejandro Magno y la anécdota de cómo resolvió el problema del nudo Gordiano
207 *Fumarse a*: (fam.) aprovecharse de
208 *Monómano*: monomaníaco, que padece locura o delirio parcial sobre una sola idea

sorte de sus neurosis, latigueado por mis nervios, habría seguido así, galopando como un reloj sin péndulo, del comedor donde Pablo acababa de poner por delante al degradado del cónsul una botella de *cognac*, a la luna, a los infiernos, o a otra parte, si dos golpes dados en la puerta de calle no me hubiesen sacudido de pronto, llamándome al orden y al cumplimiento de mi deber, que era lo que por el momento importaba.

Salí y me encontré con esos caballeros acompañados de un médico.

Hícelos entrar a la sala, pidiendo, un momento después, a mis dos colegas que se sirvieran seguirme.

Reunidos los cuatro con el cónsul, convinimos en los últimos arreglos.

La suerte designó al barón para dirigir el lance. Consultada, luego, sobre la prioridad del tiro, anduve lerdo, saqué la paja corta.

¿Era un aviso, un presagio, iba la suerte adversa a obstinarse en perseguirnos? ¡Si sería que estábamos realmente en la mala!...

Y asaltado de nuevo por mis ideas negras, en el vuelo fugaz de la imaginación aventajando al tiempo, me pareció ver a Pablo tendido en el suelo ya, con el pecho atravesado de un balazo.

Sin embargo, soflamadas [209] las pistolas que el barón se había encargado de proveer, afirmando bajo palabra de honor que eran completamente desconocidas al conde, procedimos a medir los quince pasos, para lo que apenas bastó el recinto estrecho del jardín y llamamos, por último, a los combatientes.

---

209 *Soflamar*: (metáf.) estrictamente se usa para significar ruborizar o incitar con argumentos falsos. En este caso el autor parece haberla usado en el sentido de *preparar* o *poner a punto*

XVIII

El conde estaba lívido, la cara demacrada, los ojos en la nuca, pero hecho, sereno, entero o, mejor, afectando esa entereza, merced a un absoluto imperio sobre él mismo.

La vergüenza, la rabia, la venganza, acaso el amor y los celos, libraban, evidentemente, una batalla en aquella pobre alma hecha pedazos.

El bribón de Pablo, como si tal cosa; perfectamente impasible y perfectamente frío. Una ligera contracción del labio superior se habría notado apenas en su cara fijándolo de cerca. Era todo.

Empezó a echarlo a la broma muy suelto de cuerpo:

—Lo voy a parar de punta al francés, si se descuida.

—Eso es, compadree no más usted. Que la vaca le salga toro [210] y yo lo he de ver; ha de ser muy capaz, al último, de hacernos quedar peor que en Cagancha [211], le dije, como alcanzándole, por las dudas, una copa de pajarete [212].

—¡Chancho [213] primero! –soltó, brillándole los ojos en una mirada insolente de criollo engreído y, sacando un cigarrillo negro, se puso a armarlo con toda cachaza [214].

Entretanto, el barón, a caballo sobre la etiqueta –se había empapado en cuanto tratado y código de duelo Chateauvillard [215] y los otros han dado a luz hasta la fecha– asumió una actitud decorosa y digna, empezó por leer solemnemente el acta levantada antes por nosotros, en la que se hallaban especificadas las condiciones del encuentro y, después de echar una proclama a los campeones recordándoles que el honor los obligaba a sujetarse estrictamente a lo pactado, acabó anunciando que el conde había sido favorecido por la suerte con el derecho de ser el primero en hacer fuego.

Aquí, clavé naturalmente los ojos en mi ahijado registrándolo hasta el alma: ni pestañeó.

210 *Salir la vaca toro*: (fam.) complicarse la situación
211 *Cagancha*: batalla librada el 29 de diciembre de 1839 entre las fuerzas del gobernador de Buenos Aires Juan Manuel de Rosas, comandadas por el Gral. Pascual Echagüe, y las del gobierno de Montevideo comandadas por el Gral. Fructuoso Rivera. Las fuerzas argentinas fueron derrotadas.
212 *Pajarete*: vino licoroso muy fino, elaborado en el monasterio homónimo, a cerca de la ciudad de Jerez.
213 *Chancho*: en el juego de naipes del *Tute Chancho* (variante del *Tute Cabrero*) canto del jugador que acaba de ganar una baza, antes de tirar la carta de la siguiente baza (puede cantar *Tute* o *Chancho*)
214 *Cachaza*: paciencia para hacer un trabajo. Lentitud premeditada en una tarea.
215 *Chateauvillard*: Conde de, escribió un ensayo titulado el "Código del duelo observado en Francia", por el cual se regían los duelos

—¡Buen muchacho lindo! —exclamé con una especie de orgullo en mis adentros y, dejándome seducir a pesar mío por el ascendiente poderoso, irresistible, que siempre ejerce el valor, me pareció que, de pronto, se trasformaba.

Un instante, no fue a Pablo a quien tuve por delante; vi en él a otro salir de él mismo y crecer grande, gigante, como salen las sombras de los árboles y se proyectan enormes con los últimos rayos del sol en el ocaso.

Todo le perdoné, sus tendencias, sus instintos, el derroche torpe de su vida, la ausencia en él de sentimientos, su falta de corazón y de altura, su raquitismo moral, en suma, esa deformidad de las almas vaciadas en el molde grosero del que sale el vulgo, susceptibles, sin embargo, de reforma merced a la acción tenaz de la voluntad, como las deformidades del cuerpo, los miembros contrahechos y torcidos, se corrigen y se enderezan con el fierro de los aparatos que la ciencia inventa.

Hasta el recuerdo de la acción villana, del brutal bofetón descargado sobre el rostro de una mujer, olvidé todo, todo se borró de mi memoria, fascinado por completo en la atracción de aquel valor audaz, insolente, cínico de impavidez cara a cara con la muerte...

Sin embargo, el momento decisivo había llegado:

—Póngase como cuchillo de filo —dije en voz baja a Pablo mientras iba a ocupar su sitio—, cúbrase el costado doblando el brazo, aguante el chubasco y ¡Dios lo ayude!

—Pierda cuidado —me contestó sonriéndose—, no me va a hacer ni medio, ¿qué no ve que está fulo [216] de miedo?

Mejor para usted, entonces, tómele los puntos [217] y conteste sobre tablas [218]. Ya sabe que no tiene sino seis segundos.

Aquellos dos hombres en mangas de camisa, de pie junto a los asientos de piedra colocados contra la pared y puestos allí, como de intento, en las dos extremidades del jardín, me hicieron, un momento, el efecto de reos en el banquillo:

—¿Están ustedes prontos, señores? —preguntó el barón.

Y, ante la respuesta afirmativa de ambos adversarios, ¡fuego!, agregó.

El conde, entonces, bajó paulatinamente su pistola, la detuvo, apretó el gatillo y tiró.

Un puñado de polvo voló de la pared a la altura de la cabeza de Pablo, como si se hubiera reflejado en un espejo el puñado de humo del fogonazo.

Respiré y volví instintivamente la cara al otro lado.

El eco de la segunda detonación sonaba aún, cuando una pequeña mancha roja aparecía traspasando la camisa del conde en la región superior de su brazo derecho:

—Está usted herido —le dije.

216 *Fulo*: atónito, azorado
217 *Tomar los puntos*: aceptar el tema sobre el cual se va a contestar, proviene del acto de sacar a la suerte los temas (o puntos) sobre los cuales se ha de disrtaren un concurso por oposición.
218 *Sobre tablas*: sin discusión; proviene del tratamiento de temas en los cuerpos colegiados, que pueden aprobar o rechazar mociones *sobre tablas*

—¡No señor, no tengo nada!

—El señor está herido –insistí, dirigiéndome a sus padrinos–. Ustedes saben cuál es el deber de los testigos en tal caso.

Ambos se adelantaron a un tiempo; pero él, digno y tranquilo, los detuvo con un gesto alzando el brazo: nada absolutamente, un simple rasguño que ni dolor, ni molestia siquiera le causaba y que no sería, seguramente, un obstáculo para prolongar el combate.

Ellos, perplejos, sin embargo, hesitaban, no se atrevían a cargar solos con la responsabilidad de una resolución tan seria. Propusieron, al fin, que el médico fuera consultado.

Apoyé, por mi parte, con calor, diciéndome que el médico y el marido siendo dos cosas diferentes, era el medio más seguro de acabar.

Me equivoqué, sin embargo; contaba sin el huésped.

La herida era leve, la bala había penetrado en el nacimiento del brazo, rozando la clavícula y corriendo después superficialmente sin interesar órgano importante alguno.

El herido gozaba de una completa libertad de movimiento y de acción. Si el duelo era a muerte, su deber, declaraba el médico, como facultativo y como caballero, le ordenaba manifestar que no veía en la lesión sufrida una razón bastante para dar por terminado el lance.

Le eché una maldición callado la boca, y bruscamente:

—Carguemos, entonces, y acabemos cuanto antes –dije a los otros.

Al soportar el fuego de su adversario, Pablo, esta vez, se encogió en un tirón de sus músculos estremecidos; lo vi morderse los labios, vaciló; pero encerrando en un supremo esfuerzo todo su aliento de hombre, apuntó con fijeza, con obstinación, con rabia, y tiró al fin.

Redondo, con el peso de la materia inerte, como un trozo de pared que el ventarrón desploma, el conde cayó de boca.

Fueron a levantarlo: estaba muerto.

Entonces un desgarro del aire, intenso, agudo, una de esas explosiones de las almas preñadas de dolor, el arranque espantoso de la madre, el grito angustioso de la amante, un alarido de mujer, un rugido de hembra, hirió de pronto nuestros oídos.

La puerta que daba al jardín acababa de ser sacudida contra la pared, girando violentamente sobre su eje; desesperada, perdida, loca, Loulou se había arrojado sobre Pablo, llegando a recibirlo entre sus brazos cuando este bamboleante, pugnando por agarrarse al tronco de uno de los árboles, caía, él también, abatido por el plomo de su adversario.

Corrimos a nuestra vez. El cónsul y yo lo alzamos desmayado, consiguiendo transportarlo hasta su cama.

El médico, allí, dio principio a la primera curación. Al desnudarlo, vi que la bala le había entrado en el cuadril, haciéndole una herida atroz: la sangre brotaba aún, después de haber chorreado por la pierna hasta empapar el calzoncillo y la media.

Quise llevarme a Loulou que no se había desprendido un solo instante de nosotros; imposible.

Anhelante, seguía, uno a uno, los movimientos del médico:

—¡No, no; me quedo! –exclamó.

Y, como tratara de insistir por Pablo y por ella misma, dudando de sus fuerzas para soportar la vista de aquel cuadro:

No tema, esté tranquilo –agregó resueltamente–; soy mujer, pero no me falta valor.

Me acerqué, entonces, al médico:

—¿Es grave, doctor? –le pregunté en voz baja.

—Grave, pero no mortal; por lo menos, así lo espero. De todos modos será largo.

Entretanto, mis infelices colegas, afuera, debían estar divertidos con un muerto encima del alma. Me acordé de ellos y salí.

Los encontré mustios.

Habían puesto el cadáver del conde sobre uno de los bancos del jardín, cubriéndole cristianamente el rostro con un pañuelo.

Nos esperaban:

—Deploro, señores –les dije–, de lo más profundo del alma, tan funesto desenlace y me pongo, desde luego, enteramente a la disposición de ustedes. ¿Qué cuentan hacer con el cuerpo de este desgraciado, cómo explicaremos su muerte?

—Agradecemos a usted su deferencia, señor –me contestó el barón–, pero todo había sido previsto por nuestro ahijado. Aquí tiene Vd. lo que nos fue entregado por él esta mañana.

Y me tendió un papel escrito por el conde, en el que leí lo siguiente:

"Muero suicidado.
"Deudas de honor que me es imposible pagar, me obligan a tomar esta resolución extrema.
"Pido que mi cadáver no sea llevado a mi casa; quiero evitar a mi desgraciada esposa el dolor que le causaría su vista."

Había firmado, luego, con pulso firme y seguro.

¡Pobre diablo –pensé–, era decididamente todo un hombre, ni aun después de muerto ha querido dar que hacer!

—El único servicio que nos permitiremos, pues, solicitar de usted, es que nos autorice a dejar acá el cuerpo, por ahora. Entrada la noche, el señor –siguió el barón designando a su colega– y yo vendremos a llevar los restos de nuestro desgraciado amigo a un sitio apartado de estos alrededores, que haga verosímil la fábula del suicidio y aleje toda sospecha de lo que ha sucedido aquí.

—Cuenten ustedes conmigo.

—Pero, ¿y la condesa? —me permití agregar compadecido ante la idea de la situación en que quedaba la infeliz, ¡mujer, al fin!

—Nada absolutamente tenemos que hacer nosotros con la señora condesa. Su cuenta es de esas que sólo se arreglan entre la conciencia y Dios.

—Sin embargo, el conde mismo... –insistí.

—Si el conde habla de ella en el pliego que acaba usted de leer, se comprende sin esfuerzo que es sólo en obsequio a él mismo, en el deseo de ocultar la verdadera causa del encuentro, de que quede ignorado, si es posible, el ultraje que ha padecido su honor. Y, a este respecto, señor, sufra usted que recordemos la obligación sagrada que la memoria de un hombre honrado nos impone, de sepultar para siempre en el silencio el hecho doloroso en que, por desgracia, nos ha cabido tener tan triste parte.

—El recuerdo es inútil; conozco mi deber.

—¡Oh! no es precisamente por usted que he juzgado oportuno traerlo; pero la intervención inesperada y brusca de un testigo que nos hallábamos lejos de suponer aquí y cuya aparición, lo confesamos, no ha dejado de causarnos la más extraña sorpresa, acaso con razón, es lo que me ha inducido a hablar.

—Espero, señores, que nos harán ustedes la justicia, a mis amigos y a mí, de creernos completamente ajenos a la presencia de esa mujer entre nosotros. Si aquí estaba, es que consiguió sin duda penetrar, a pesar nuestro, de una manera clandestina.

Y, medio cargado ya con los aires que se iban dando:

—Por otra parte –agregué–, ustedes mismos no deben ignorar que el conde se hizo acompañar por ella y provocó en su presencia la escena que todos conocemos y que no es del momento comentar. Si el secreto, pues, ha salido de entre él, su adversario, ustedes y nosotros, no es seguramente nuestra la culpa. Por lo que a mí personalmente se refiere, creo del caso repetir a ustedes que, en todos los actos de mi vida, mi norma es mi deber, agregando que, en materias de honor y de conciencia, ni doy, ni recibo lecciones de nadie.

Con lo que parece que se dieron por conformes, pues, una vez llevado el cuerpo a la sala, se despidieron de mí sin hablar más del asunto.

XIX

Sondeada la herida y aplicados los vendajes, el médico dejó sus instrucciones: dieta, tragos de agua fría, si había sed, y una poción calmante para el caso en que sobreviniera fiebre.

Se despidió, luego, diciendo que volvería en la tarde.

Por pedido mío, consentía en hacerse cargo del enfermo.

Un sueño pesado, profundo, una especie de letargo, cerraba los párpados de Pablo después del golpe tremendo que conmoviera su ser.

Los postigos entornados arrojaban al cuarto una oscuridad terrosa, triste manto tendido sobre el lecho de los que sufren como un velo precursor de las tinieblas del sepulcro.

En el aire, un olor acre y penetrante de botica; sobre la mesa de luz algunos frascos: armas para la guerra contra el mal; un silencio taciturno en medio del tic–tac repetido del reloj y, en un rincón, partiendo la penumbra, un rayo brusco de sol semejante al filo lustroso de una daga que, en la lucha eterna de la vida con la muerte, hubiera querido hundir la luz en las entrañas de la sombra.

Parada junto a la cama, Loulou inmóvil, la cabeza volcada sobre el pecho, los ojos fijos en Pablo, gruesas lágrimas lamían silenciosas sus mejillas.

Así suelen pintar a la Virgen llorando sobre el Cristo caído al pie de la cruz.

Me había acercado:

—¿Duerme siempre?

—Sí –me contestó con un signo de cabeza.

Ante la expresión dolorosa de su rostro, quise engañarla, mintiendo cristianamente:

—No es poca suerte la que hemos tenido si la bala entra un poco más arriba, lo hiere mortalmente. Por fortuna, el médico me asegura que, antes de ocho días, Pablo estará levantado.

—¡Quién sabe! –exclamó como dirigiéndose a sí misma, incrédula y cavilosa.

—Sí, ten valor y no te aflijas; cuestión de un poco de cuidado y de paciencia. Pero, dime –agregué tomándola de la mano y sentándome con ella a pocos pasos–, ¿sabes que casi me has hecho tener una agarrada con los padrinos del conde?

—¿Por qué?

—Por tu bárbara invasión de esta mañana, hija —seguí en tono de broma—, por haber caído como una bomba en medio de una fiesta a la que no es de práctica que asistan las mujeres. Los otros la han encontrado *mauvaise,* yendo hasta darme a entender que no se hallaban lejos de creernos cómplices tuyos, de figurarse que te habíamos facilitado, como quien dice, una *baignoire,* a fin que presenciaras tú también el espectáculo. ¿Cómo diablos hiciste para meterte aquí? Recuerdo perfectamente haber cerrado la puerta de calle después de la llegada del conde y de sus testigos.

—Todas las puertas se abren con dinero.

—Explícate.

—Cuando sentí que Pablo salía al alba del *hôtel,* me tiré vestida de mi cama y salí a mi vez. ¿Qué iba a hacer? no lo sabía. No dependía de mí su salvación, no estaba en mi mano protegerlo, nada me era dado hacer por él y, no obstante, la voz secreta del instinto, una voz imperiosa, irresistible, me empujaba. No, no debía abandonarlo, no debía separarme de él en la hora azarosa del peligro, cuando iba, acaso, a perderlo para siempre... ¡Y, después quién sabe! un último recurso era posible, un esfuerzo desesperado, supremo, una inspiración, un milagro tal vez podía salvarlo... ¡Qué sé yo! arrastrarme a los pies del conde, decirle que era una miserable, una infame, que había mentido, calumniado horriblemente a su mujer, que la condesa era inocente, que los celos me habían cegado, enloquecido, implorarle, suplicarle de rodillas, arrojarme de pronto entre los dos, hacer un escudo a Pablo con mi cuerpo, recibir en mi pecho el plomo de su enemigo, morir por él, ¡sí, morir!... Y la idea de la muerte me sonreía como la promesa infinita de un inmenso bienestar. ¡Qué suerte más envidiable, qué sacrificio más dulce, qué felicidad más grande, que el abandono de mi vida en aras de mi amor! Pero no, soñaba, deliraba, era una quimera, un absurdo. Nada ni nadie en el mundo podía impedir el bárbaro combate, aquellos dos hombres iban a degollarse atrozmente, era forzoso, inevitable, fatal. Y, sin embargo, caminaba, avanzaba más resuelta cada vez sobre las huellas de Pablo, siguiendo de lejos sus pisadas, ocultándome en las esquinas, borrándome a lo largo de las paredes, esperando palpitante cuando, en la vehemencia de mi andar, acortaba la distancia que de él me separaba, para continuar, un momento después, presa de la misma horrible agitación. Lo vi, por último, reunirse a ustedes y entrar aquí. Entonces, con la obsesión de la idea que me acosaba, anhelante, afanosa, empecé a dar vueltas como un perro alrededor de la casa buscando una puerta abierta, una entrada, espiando un descuido, una ventana olvidada, un balcón donde subir, una pared que saltar. ¿Cuánto tiempo pasé así? Me sería imposible decirlo. Sé que un hombre llegó junto a mí y que ese hombre era el criado de Pablo. Una sola vez lo había visto, pero eso me bastaba. El también me había reconocido; me miró con desconfianza:

—¿Qué hace usted aquí? –le pregunté brutalmente.

—Pero, señora... ignoro con qué derecho me dirige usted esa pregunta.

—¡Ea! acabemos, contésteme sin rodeos tenga entendido que, si miente, le puede costar caro. ¿Qué es lo que hace aquí? conteste, le repito.

Intimidado entonces por mis palabras:

—Espero que sea la hora de entrar a casa –repuso balbuceante. El señor me despidió anoche, ordenándome que no volviera esta mañana sino después de las ocho.

—¿Quiere decir que usted tiene una llave, entonces?

—¿Yo? sí señora, tengo siempre una de las dos; el patrón es el que tiene la otra.

—Démela.

—Pero...

—Si me la entrega, todo esto es para usted –exclamé ofreciéndole dinero–. En el caso contrario, le juro que hoy mismo lo hago echar a la calle por su patrón.

Dueña, al fin, de aquella llave que habría pagado con mi sangre, corrí a la puerta y la abrí. El corazón se me saltaba del seno. Tendí el oído, nada; un gran silencio en el hueco desierto de los cuartos. Avanzaba mi pie con precaución, cuando un ruido confuso de voces se dejó sentir. Llegué temblando a la puerta entreabierta que tenía frente a mí. Entonces, la sangrienta escena se ofreció a mi vista. Todo lo vi, todo lo presencié, helada de terror, queriendo salir, gritar, arrojarme entre ustedes y faltándome la voz y las fuerzas para hacerlo, como en una de esas atroces pesadillas, cuando se sueña con asesinos, con fantasmas, con monstruos que nos persiguen sin que podamos huir de ellos, con escaleras que trepar, con zanjas que pasar, con barreras enormes que salvar, mientras, en el afligente torpor de los sentidos, nos retorcemos exhaustos, sin aliento en los pulmones, sin vigor en los músculos, sin tierra bajo los pies, sin un punto de apoyo de donde poder arrancar para escapar al peligro, mortal que nos aterra. Por momentos, dudaba de la horrible realidad, de mí, de Pablo, de ustedes, de todo. Los ojos se me nublaban, la sangre se agolpaba en mi cabeza, un fuego intenso me quemaba la garganta, cada latido de mi pecho era un dardo que se me encajaba en la sien y cuando, presa de una desesperanza inmensa, pugnaba por apartar la vista horrorizada de aquel cuadro, un poder invencible, una avidez, una fiebre de saber, de devorar hasta los últimos detalles, me mantenía inmóvil en mi sitio, una mano de fierro me clavaba a las baldosas del zaguán. Por fin, al ver a Pablo dar vueltas vacilante, herido, muerto, tal vez, no pude más, fue el colmo, sentí un dolor infinito, me pareció que todo mi ser se hundía en un crujido supremo, como si una masa de piedra, rodando desde la altura, me triturara los huesos. ¿De dónde saqué aliento para arrancarme de allí, qué fuerza prodigiosa, sobrehumana, me arrojó a él? No me lo explico, no sé. Recuerdo sólo que me encontré, de pronto, asida como una loca de su cuerpo y que ustedes lo alzaron exánime de mis brazos. ¡Ah! sí, he sufrido como creo imposible que vuelva a sufrir jamás –exclamó después de un momento de silencio, doblado el cuello en un abatimiento, fijos maquinalmente los ojos en el suelo. Un instante, un segundo más, agregó– y hubiera muerto...

XX

Al volver, en uno de mis movimientos, la cabeza, por una de las rendijas de la puerta, pispé [219] al cónsul en el comedor echando un párrafo.

El también tenía, sin duda, sus bravas penas que contar y, con la cara colorada como un cangrejo hervido, los ojos opas [220], flotando haragana la mirada en un aflojamiento turbio, se las estaba contando, mano a mano, a la botella de aguardiente cuya relación le había hecho hacer Pablo antes del duelo.

¿Qué le decía?

Su historia, acaso, su herencia, su cadena de sufrimientos, su vida entera invocada en una visión de muerte, en presencia de una tumba al borde de la nada misteriosa, ese pozo ciego escondido entre las malezas de la tierra, donde corren a hundirse, al fin, en un olvido común las grandezas y las miserias de los hombres. Todo un mundo de recuerdos, la procesión confusa del pasado, desfilando en montón sobre el espejo de su memoria empañado por los vapores del *cognac*, mientras la boca de un balcón chupando el día, encuadraba en un golpe crudo de luz su cuerpo de sapo sentado al sol.

Bruscamente, en una irritación, al verlo, me levanté yendo a juntarme con él:

Usted se ha portado. Fue, como quien dice, contratado para comparsa y la verdad es que ha hecho bien su papel de bulto, tanto, que es muy posible que los otros lo hayan tomado por gente.

Observo además, con placer, que está cada día más degradado. A sus talentos de antaño, reúne hoy la habilidad de saber tirar al pescuezo como un maestro. Creo llegado el momento de que se acuerden de usted, premiando con un ascenso sus méritos y sus servicios. Le prometo interesarme en su favor, empeñar toda mi influencia a fin de dar a su acción un escenario más vasto, de obtener su promoción a algún gran centro, a alguna gran capital, la China, Pekín, por ejemplo. Entretanto, mándese mudar, que aquí ya no hace falta para nada.

—¡Oh! y el coche, ¿quién lo paga?

—¡Ah! sí, el coche –exclamé, soltando la risa a pesar mío–, es justo, tiene razón, lo había olvidado por completo. ¿Quién lo paga? usted –le dije, tirándole unos luises.

---

219 *Pispar:* (arg.) *pispiar*, observar detenidamente
220 *Opa*: del Quechua, tonto, loco, deficiente mental

XXI

E mpezaba para Loulou la larga serie de quebrantos, la agonía, la muerte prolongada que se vive a la cabecera de un enfermo.

Eran los días angustiosos pasados en la cruel expectativa de los progresos del mal; las visitas ávidamente esperadas del médico, ese apóstol admirable cuyo saber se befa, cuyo sacerdocio es un objeto de escarnio, mientras el vago rumor de la amenaza llega apenas a nosotros perdido en la distancia de los tiempos, y a cuya mirada fría, investigadora, profunda, pretendemos, entretanto, como a un libro de sibila [221], arrancar los arcanos [222] del futuro, en la omnisciencia que la mente asustadiza y cobarde le atribuye cuando la obsesión del peligro nos asalta.

Eran las noches interminables veladas en zozobra; el tacto ansioso de la piel abrazada por la fiebre; el torrente de fuego de la sangre batiendo su redoble seco y vertiginoso sobre las arterias del pulso mil veces consultado: las horas infinitas girando con una lentitud desesperante en la esfera del reloj; la postración de los miembros destroncados, acusándose, de pronto en un torpor afanoso de los sentidos, pendientes los brazos, volcada la cabeza, ni sueño, ni vigilia, donde las mismas lúgubres visiones nos persiguen, más negras, más pavorosas aún, envueltas en el monstruoso miraje de la fantasía desenfrenada.

Eran, luego, los bruscos sobresaltos sin conciencia del tiempo transcurrido, estupefacta la vista en el cuadrante, temiendo haber faltado a la consigna rigorosa de la ciencia, haber descuidado la prescripción severa de sus fórmulas.

Eran las idas y venidas silenciosas, aligerado el pie en un desliz impalpable de fantasma; las abstracciones taciturnas, presa el alma de congojas, de crueles aprehensiones; el cansancio profundo, la lucha abrumadora de todos los instantes con el más implacable y el más traidor de todos los enemigos.

Era el martirio sublime de la propia abnegación en el amor del prójimo, martirio que eleva a Dios y que la criatura, por lo mismo, sería incapaz de resistir, martirio que mataría si, sobre el fondo negro de sus torturas, no se alzara una esperanza, un halago, una promesa: la fe inconfesa y latente, que vacila algunas veces, que no abandona jamás.

---

221 *Sibila*: personaje mitológico, mujer que profetiza inspirada por Apolo.
222 *Arcano*: secreto muy profundo y reservado

XXII

Como lo había anunciado, el médico volvió en la tarde. Pablo, pasado el estupor local del primer momento, se quejaba de fuertes dolores internos en la región lisiada, a la vez que le era imposible casi el movimiento de la pierna derecha.

Un color negro de sangre extravasada manchaba la boca y los contornos de la herida:

—Según lo que he podido juzgar esta mañana por las indicaciones de la sonda —me dijo el médico en voz baja—, la bala ha chocado con el hueso del muslo cerca de la articulación superior y, en la desviación determinada por el choque, perdiendo una parte de su fuerza, se ha encontrado detenida entre los tejidos sin alcanzar a perforar de parte a parte. No quise hacer una exploración prolija por temor de fatigar al enfermo en el primer momento, pero la cuestión, ahora, es dar con ella.

E inclinado sobre Pablo, empezó a palpar minuciosamente las carnes en la dirección probable, según él, del proyectil, cuando después de un momento de infructuosas investigaciones:

—Aquí está, la toco —exclamó con un visible gesto de satisfacción, oprimiendo una ligera prominencia que se notaba en la ingle, bajo una coloración de la piel semejante a la de la boca de la herida.

Sacó luego uno de los instrumentos de su cartera, hizo una incisión sin titubear y la bala ligeramente deformada por el choque con el hueso, según dijo, fue extraída fácilmente.

—Ahora, creo poder garantir a usted señor —prosiguió dirigiéndose a Pablo—, que su herida no lo mantendrá durante mucho tiempo en cama. Le quedan aún momentos duros que pasar. No se lo oculto porque sé que hablo con un hombre; he visto a usted en un momento de prueba y eso me basta. Le pido, pues, como a tal, un poco de resignación y de paciencia. Sobre todo, trate de mantenerse en la mayor inmovilidad posible; una completa quietud es la primera de las condiciones en el caso en que usted se encuentra. A ese precio, se lo repito, le prometo una curación pronta y radical.

Dos lágrimas silenciosas de alegría brotaron de los ojos de Loulou parada junto a nosotros.

Resuelto a tratar a Pablo por el frío, el médico mismo hizo después una aplicación de hielo en las dos aberturas de la herida, ordenando que fuera renovada sin cesar.

A pesar de sus palabras muy bonitas y muy consoladoras, sin duda, no las tenía yo todas conmigo.

—¡Para los pavos! —me decía en mi santa ignorancia de profano–; una herida en la ingle no es un arañazo ni un chichón:

—¿Cree usted realmente tan sencillo el caso, doctor – pregunté a este acompañándolo a su salida–, o encierran sus palabras una mentira de médico? Yo no soy el enfermo; le ruego, pues, que me diga la verdad cruda y desnuda.

—Cuando la bala cruza una red complicada de tejidos que desempeñan funciones importantes en el mecanismo del cuerpo humano como sucede en este caso, señor, una herida es siempre seria. Sin dar a usted que no es el enfermo, como dice, una seguridad absoluta, tengo, sin embargo, gran confianza en el éxito. He conseguido sacar la bala felizmente, temía ver aparecer al través de la incisión algún asa intestinal, como sucede con frecuencia en estos casos, pero los intestinos, por suerte, no han sido dañados. El color de la hemorragia no me alarma; no hay arteria esencial interesada. Su amigo, por otra parte, es joven, parece dotado de una constitución robusta y vigorosa. Si no llega a producirse alguna complicación desgraciada, posible siempre, creo firmemente que saldremos a la orilla. Entretanto, no es prudente dejar sola a esa señora. El estado del enfermo va a exigir cuidados asiduos y constantes. Es necesario buscar quién la ayude y la reemplace, compartiendo con ella las fatigas de la asistencia.

—Por el momento, doctor, voy a quedarme yo.

XXIII

La fiebre no tardó en declararse, acompañada de accesos de delirio que duraron gran parte de la noche y cuyas violentas explosiones eran cortadas, de pronto, por momentos de postración profunda, en que la vida entera de Pablo parecía consumirse al soplo ardiente que lo abrasaba.

Eran esas calmas pesadas y sofocantes de las noches de tormenta, el estallido salvaje del trueno en medio del inquieto y agitado silencio de la naturaleza enferma, devorada de fiebre ella también.

Los hechos que acababan de labrar un hondo surco en la existencia de aquel hombre, deformados por el prisma de una imaginación calenturienta, se agolpaban en tropel a su cabeza.

Acariciaba el espléndido cuerpo desnudo de la adúltera, cubría de besos sus senos palpitantes, chupaba la fresca pulpa de sus labios, aspiraba el perfume de leche de su boca y ebrio, delirante, la apretaba más y más contra su cuerpo, sintiéndola vibrar como una cuerda entre sus brazos, cimbrarse toda entera en un infinito espasmo carnal.

Ora [223], el marido engañado, escarnecido, se arrojaba sobre ellos airado, con el brazo pronto a herir, y él, en un salto de tigre, lo "madrugaba"[224], ora, la figura fatídica del conde, empujando él mismo la tapa de su sepulcro, terrible en su rigidez de muerto, se levantaba, de pronto, junto al lecho y clavaba en él sus ojos hoscos, en los que todo el fuego de una vida extinguida parecía haberse encerrado para fulminarlo en una mirada siniestra de ultratumba.

La mancha, sobre todo, la mancha lo aterraba, era espantosa; se agrandaba, teñía de rojo el cuello, la camisa, corría, se extendía más y más, se derramaba por el suelo y un vapor acre y caliente de sangre lo asfixiaba.

Era, ya la voz egoísta del instinto arrastrándolo al homicidio, al sacrificio de otra vida por su vida, ya el grito desgarrador de la conciencia mezclándose al tumulto de la perturbación profunda en que su alma se debatía desesperada.

Y, del fondo del caos de sus ideas, una idea se desprendía, clara, neta, luminosa como la llama de un volcán, dominando los locos arrebatos del delirio, persistiendo aún en los instantes de tregua, en los raros intervalos en que la razón alcanzaba a recobrar su imperio: la traición de Loulou, despertando en él un sentimiento de aversión y de rencor.

223 *Ora*: adv. ya, sirve para distinguir cláusulas alternativas, ora esto, ora lo otro...
224 *Madrugar*: (fam.) adelantarse en alguna acción

¿No era ella la causa de todo, la sola autora de su desgracia?

Se había portado como una perversa, como una infame.

Y decía, después, que lo quería... Mentira, ¡qué lo había de querer! Lo que había querido era engañarlo, explotarlo, como hacían todas las desorejadas [225] de su especie.

Ahora recién abría los ojos, ahora empezaba a conocerla.

Su decantado amor, sus virtudes, la moral que le predicaba, las prendas de que hacía alarde con sus aires de mosca muerta, todo había sido una comedia, una farsa inventada para hacerlo pisar la soga y despojarlo a mansalva.

Si realmente lo quisiera, si le hubiese tenido algún apego, algún agradecimiento, siquiera, en vez de venderlo como a Cristo, de ponerlo en la picota, obligándolo a romperse el alma con el conde, se habría callado la boca tragándose sus lágrimas en silencio, se habría sacrificado por él.

Ese y no otro, era el modo de probarle su cariño. Las mujeres enamoradas sufrían todo de los hombres; sin sacrificio no había amor.

Pero no, furiosa al ver que se le podía escapar la presa, cuando quedaba más todavía en el fondo del saco, se había dejado arrastrar por sus instintos, desfogando su rabia en la venganza, ese desahogo de las almas ruines.

¡Y quién sabe, al fin, cuánto se había hecho pagar por el conde, qué precio le había puesto a su traición!...

¡De todo era capaz!

¿Por qué, si tanto le dolía que él hiciera el amor con otras, no se lo había dicho, por qué no le había pedido que dejara de ver a la condesa?

El le habría tenido lástima y hubiera roto con ésta. Nada halagaba tanto el amor propio de los hombres como creerse capaces de inspirar una pasión, nada quebraba más su voluntad que las lágrimas sinceras de la amante.

Sí, se habría dejado ablandar y habría concluido por ceder. Se sentía, a pesar suyo, más y más ligado a ella por mil causas: la comunidad de vida, la costumbre, la gratitud, el afecto que insensiblemente esta engendraba, y luego, otro vínculo más fuerte: el hijo.

Quién sabe lo que la voz de la sangre habría llegado a despertar en él, hasta dónde habría sido capaz de llevarlo ese infeliz que había tenido la zonzera de creer suyo y cuyo origen no podía ser sino otra infamia de las muchas cometidas por su madre.

Pero, por suerte, ella misma se había encargado de arrancarle la venda de los ojos.

A lo mejor, había mostrado las uñas como las gatas. No había tenido ni el talento, ni el tino, siquiera, de representar su papel hasta el fin. No había podido con el genio y, gracias a ella, ahora sabía a qué atenerse. Era eso lo único que le debía.

---

225 *Desorejada*: prostituida, infame; proviene de la ley mosaica que estrictamente recomendaba la lapidación para las prostitutas. Sin embargo con el tiempo la sentencia se relajó mucho en Occidente y sólo la obligaba a que vistieran de un determinado modo. Durante la Edad Media el "desorejamiento" era el castigo a los presos que intentaban huir. De modo que una "desorejada" es la moza que ha sido reconvenida pero no modifica su conducta.

Todo había concluido entre los dos. No quería verla, ni pintada; de nada respondía si se cruzaba otra vez en el camino. Que volviera a hundirse hasta los ojos en la podredumbre de donde él la había sacado, que fuera a otra parte no más a buscar padre para su guacho.

Lo que era él, sabía qué le quedaba que hacer, cuál era el camino que su deber de caballero le marcaba.

La otra le había sacrificado todo; él, a su vez, sacrificaría todo a la otra.

De ésa estaba seguro, por lo menos, no lo quería por interés, no era un móvil sórdido y mezquino el que la guiaba.

Su porvenir, su vida entera, todo se lo daría, sería su amante, su marido, no se separarían jamás, juntos correrían la misma suerte, la poseería; la haría suya para siempre.

Y la idea de la posesión de la condesa volvía otra vez a apoderarse de su mente y las mismas lúbricas imágenes poblaban el vaivén exaltado de sus recuerdos, fantásticas, vagas, fugitivas, como las nubes doradas de una puesta de sol cayendo sobre la superficie cambiante de las aguas.

Después, eran los súbitos terrores, las bruscas apariciones de muertos, la sangre saltando a chorros de heridas anchas y profundas con un ruido áspero de fuelle, como la lluvia de ascuas de una fragua, azotándole las carnes, dejando en su cuerpo acribillado la insoportable sensación de ardor de otras tantas intensas quemaduras.

Entonces, entre calofríos [226] de pánico, sentía subir una opresión. Era una mano implacable apretándole el pescuezo, hundiéndole sus dedos de fierro en la garganta, lo ahogaba, lo sofocaba, le reventaba las venas...

Y un ronquido de estertor cortaba su resuello pesado y afanoso, mientras clavado por la inacción de sus músculos, cuya parálisis se extendía ahora a toda la pierna derecha, se agitaba desesperado por saltar fuera del lecho, arqueando el cuerpo en bruscos retortijones de serpiente que tiene aplastada la cabeza.

Poco a poco, se calmaba, sin embargo. Un silencio caía sobre el flujo incoherente de sus palabras soltadas en retahíla, sonando en el hueco oscuro de la pieza como las letanías en las iglesias desiertas al toque de oraciones, los insensatos arranques del delirio llegaban a aplacarse en una quietud reparadora, dejaba caer los brazos, abandonaba la cabeza y un sueño tranquilo lo ganaba.

Por momentos, lograba descansar.

Pero, de pronto, se despertaba otra vez en sobresalto, alzaba la cabeza, paseaba en derredor miradas extraviadas, sin conciencia de los hechos que habían determinado su presencia en aquel cuarto, sin saber por qué se encontraba tendido en aquella cama, queriendo darse cuenta del cuadro que lo rodeaba, buscando, en un esfuerzo perezoso de su mente, la vuelta a la realidad.

Luego, de nuevo el abatimiento dominaba, los párpados inyectados, in-

---

226 *Calofríos*: indisposición física con accesos sucesivos de frío y calor

capaces de soportar su propio peso, se le iban cerrando a pesar suyo y volvía a quedar sumido en la misma completa postración.

Un instante llegó casi a incorporarse en una tiesura violenta de su cuello: era un montón de tierra, un nido de hormigas coloradas que le habían sepultado la pierna como el tronco podrido de una mata de paja.

Sentía un ardor atroz, un infierno; las hormigas le devoraban la carne y le roían el hueso.

Loulou y yo habíamos corrido junto a él; lo tomamos de los brazos; tratábamos de impedir sus movimientos para evitar un accidente en la herida.

Me miró. En su vista seca y abrazada, asomó un rayo de razón:

—Me parecía como que me caminaban bichos por la pierna –dijo–. Pero no ha de ser nada; la sangre, sin duda, que anda medio alborotada en el agujero ese. –Y se sonrió.

Pero, volviendo maquinalmente la cabeza al otro lado, se encontró de pronto con Loulou.

Una contracción plegó su frente, sus ojos se oscurecieron en un resplandor sombrío, su rostro todo reflejó una expresión salvaje de crueldad:

—¿Y tú, qué haces aquí? Vete –exclamó.

Ella, balbuceante, titubeaba.

—¿Qué, no me oyes? –gritó furioso–, ¡mándate mudar, te aborrezco!

Hice señas a Loulou que no lo contrariara, que fingiera obedecerle retirándose un instante.

Una vez solos los dos, lo fui calmando poco a poco con dulzura, haciéndole ver lo injusto que se mostraba, llamándolo a sentimientos más humanos, ya que el afecto, decía, había emigrado de su alma para siempre, pidiéndole un poco de bondad, de compasión, siquiera, para aquel pobre corazón digno de lástima, para aquella infeliz mujer hondamente torturada, víctima primera de sus propios extravíos.

XXIV

E l tiempo, entretanto, transcurría.

La fiebre había cesado al quinto día, pero el estado de Pablo, lejos de responder a la mejoría anunciada, llegó a inspirar al médico serias inquietudes.

Confiaba éste en que la naturaleza llevara a cabo sordamente su trabajo admirable de reconstrucción y que la expulsión de los tejidos muertos, barriendo aquella cloaca de humor, mostrara al fin en el fondo la sabia bienhechora de un organismo nuevo, destinado a rellenar el hueco cavado por el mal.

En vano.

La supuración continuaba amarillenta, viscosa, hedionda, brotando sin cesar de las dos bocas de la herida, hinchadas y dolorosas, parecidas a esas llagas del lomo maltratado de los caballos.

El proceso reparador, el esfuerzo generoso de la naturaleza, se fundía esterilizado en una fuente inagotable de materia.

Inútilmente el tratamiento había sido modificado. El sistema del frío, adoptado primero como el medio más seguro de combatir la inflamación con su séquito terrible de accidentes, fue reemplazado después por una aplicación constante de compresas empapadas en agua y alcohol.

El médico esperaba que el calor húmedo desarrollado con la ayuda de este medio, trajera un cambio favorable facilitando la obra latente de la regeneración, paralizada, acaso por la acción retardataria del frío.

Todo fue infructuoso.

El cuadro de síntomas contrarios persistía.

La carcoma implacable del pus seguía mordiendo los labios y las paredes de la herida, obstinada, persistente, tenaz, con la lenta constancia de las aguas minando los bordes que roza su corriente.

XXV

La asistencia de aquel hombre, respirando sin cesar el olor a corrompido que subía de su cuerpo en un envenenamiento de la atmósfera; el manoseo repetido de sus llagas en las frecuentes curas diarias; la violencia impuesta a la repulsión de los sentidos; el esfuerzo enorme de la voluntad para impedir que el estómago se sublevara en ansias de asco, que los ojos se alejaran con horror de aquella vista; los días y las noches sucediéndose inacabables, sin sueño y sin descanso, deshecho el cuerpo, el alma lacerada, estallando de pronto en deseos ardientes de acabar, de ver el fin, un fin cualquiera, harta ya de sufrir, resignada a todo de antemano, para volver a rebelarse después, ante el cuadro pavoroso de la muerte, perseverando en la lucha con más ahínco que nunca; la vida, en fin, cara a cara con aquel étalage repugnante de miserias, exigía, para poder ser sobrellevada, la santa caridad de la mujer bebiendo en una fuente inmensa de cariño.

No vi flaquear a Loulou un solo momento.

De acuerdo con la indicación del médico, propuse llamar a otra persona, a una hermana de caridad, o bien a una mujer asalariada, de esas que se ofrecen en las casas para cuidar enfermos.

No quiso.

De nadie necesitaba. Se sentía con fuerzas para cumplir sola su deber. Si llegaba a reconocerse incapaz, si la fatiga la vencía, estábamos siempre en tiempo de buscar quien la ayudara.

Pero, mientras le quedara un resto de vida, un átomo de aliento y de vigor, no consentiría jamás en separarse de su amante. Nadie lo cuidaría, nadie, sino ella, velaría a su lado.

No quería que debiera a una mano extraña o mercenaria el alivio de sus males. Ella, ella sola lo cuidaría...

Era el egoísmo de la pasión celosa hasta de la gratitud, el egoísmo absorbente del amor, pequeño siempre, en medio de su grandeza.

Tenía organizado su servicio.

Sobre la mesa de luz, un vaso y una botella de zarzaparrilla[227].

En frente, junto a la puerta que daba al comedor, sobre una mesa de pino enchapada de nogal, una serio de frascos arreglados de mayor a menor, en fila, las etiquetas vueltas todas hacia fuera y, en un ángulo, contra la pared,

---

227   *Zarzaparrilla*: (Smilax aspera), su líquido de cocción se consideraba depurativo de la sangre

un alto de recetas apretadas por una concha de caracol.

Al otro lado de la puerta, en el rincón formado entre ésta y la ventana, un lavatorio con jarra, palangana, varios pedazos de tela engomada y cantidad de paños destinados a compresas y cuidadosamente apilados.

La cama en estado perfecto de limpieza; los demás muebles: un sofá, dos sillones y cuatro sillas de cretona colorada con arabescos grises, distribuidos acá y allá.

Marcando alrededor de diez y ocho grados, por fin, un termómetro colgado de la pared junto a la chimenea, entre una de cuyas copas y el reloj, coronado por un grupo de amores de zinc imitando bronce, se veía una máquina de aguardiente.

Nadie entraba allí sino el médico y yo. En cuanto al infeliz que tan mal parado había salido el día memorable de la escena con el conde ese servía para los viajes a la botica y uno que otro servicio pesado de puerta afuera.

XXVI

En una de sus visitas, el médico acababa de llegar.

Loulou, pronta a recibirlo, había colocado sobre el borde de la cama la palangana llena de agua fenicada [228].

En un instante hubo destapado a Pablo; levantó las telas impermeables puestas por encima de las compresas, apretó una esponja sobre estas, las sacó luego lentamente y empezó entonces a lavar la herida.

Daba vueltas la esponja entre sus dedos, la paseaba por la carne abotagada y roja, la sumergía en el agua, la escurría después.

Su mano iba y venía liviana, ligera, suave, como complacida en acariciar aquel montón infecto de materia enferma, con la delicadeza de un abanico de plumas rozando la epidermis.

Ni una leve contracción, ni el más imperceptible gesto de disgusto se observaba en ella. Abstraída por completo en su tarea, su rostro expresaba sólo la solicitud tierna y prolija del bueno haciendo el bien:

—Mis cumplimientos, señora; tiene usted una mano hábil.

—Gracias a sus lecciones, doctor.

—Aprovechadas por usted de tal manera que, a este paso, pronto seré yo el que deba recibirlas.

—Tiene razón, doctor –apoyó Pablo con calor–; todo lo que le diga es poco: no es una mujer, es un ángel.

Loulou, al oírlo, alzó de pronto la cabeza.

La sombra de sus pestañas largas y azuladas velando la luz del día, parecía avivar el brillo de raso que arrojaban sus pupilas negras y profundas. Su boca entreabierta dibujaba la curva pura de sus labios. El brazo tendido aun sobre el cuerpo de su amante, miraba a éste muda, inmóvil de sorpresa.

¿Qué significaban sus palabras, encerraban un sarcasmo, iba a lanzarle al rostro una de esas afrentas groseras que tantas veces había soportado de él como el cintarazo de un látigo que le cruzara las carnes, o deliraba, acaso, en una recrudescencia brusca de la fiebre, qué cambio extraordinario, inexplicable, qué trasformación era aquella?

Y, en el revuelo de sus ideas, todo creía posible, imaginaba, admitía todo,

228 *Agua fenicada*: solución acuosa de fenol al 2,5-5%, es desinfectante

no que Pablo se hubiera mostrado sincero hablando de ella, que fuera veraz su acento, que un sentimiento imperioso de justicia y gratitud, despertándose al fin en él, hubiese dictado sus palabras.

Hubo un silencio.

Ella, violenta, sin saber qué hacer y por salir del paso:

—No le haga caso doctor –exclamó, por último–. Pablo quiere reírse de mí. Por lo visto, está hoy de buen humor, lo que prueba que va mejor de sus heridas. ¿No le parece? –se apresuró a agregar indicándoselas al médico, como deseosa de llamar a otra parte la atención y de que no se ocuparan más de ella.

Había concluido su lavaje.

El mal, ahora, presentaba otro carácter, un aspecto diferente y nuevo. No era ya una herida desgarrada o incisa, según se tratara de una u otra de sus bocas, de contornos fofos y blanquizcos, manando continuamente, como ahogada en un flujo copioso de secreción.

Las llagas, descansando sobre una base dura que invadían poco a poco, a medida que se dilataba la aureola color jamón de que se hallaban rodeadas, afectaban una forma circular de bordes netos.

De entre el fondo y en medio de un pus escaso, pero acre, fétido y sanguinolento, se alzaban montones apretados de pellejos informes y nudosos, mientras acá y allá, diseminados por la piel, nuevos focos se formaban atacando el organismo en su maligna energía de destrucción.

XXVII

Serían las cinco y media de la tarde cuando el médico recetó y se fue.

Loulou comía sola en el comedor, mientras yo me había quedado acompañando a Pablo:

—Parece que vamos reaccionando –le dije.

—¡Qué sé yo! Maldita la gracia que me hacen esas otras historias que se me andan paseando por el cuerpo como salpicaduras de la enfermedad.

—No le hablo de sus males. Su médico asegura que está usted bueno, para el caso, y que pronto lo va a dar de alta. Me refería a Loulou.

—¿A Loulou?

—¡Sí, pues! ¿No me hace el favor de decirme qué vuelco es este? Antes, le quitaba al diablo para ponerla a ella. Tenía usted agotado todo el repertorio de dicterios de la lengua, amén de los que no reza el diccionario. Vomitaba contra ella sapos y culebras y ahora, de sopetón, ¡sin decir agua va! siquiera, ¿resulta que la canoniza, que es nada menos que un ángel? ¡Oigale, el duro se dobla!

—Así no más es —me contestó entre mohíno, risueño y serio–, pero, ¡qué remedio! Para no comprender todo lo que esa mujer vale, sería preciso que tuviera el corazón más seco que una loma en el mes de Enero. ¿Quiere que le diga más y que sea franco con usted? Hoy Loulou es una necesidad imperiosa de mi vida. Cuando no la veo, cuando no la tengo a mi lado, siento que algo me falta, como un frío, como un vacío que se hace en mí. Los cortos instantes en que sale, los minutos que pasa fuera de aquí, se me hacen eternidades. Ahora mismo y a trueque de pasar por un grosero: usted me ha dado más de una prueba de interés, ¿no es cierto? Su compañía debiera serme agradable. Enfermo, encerrado y como preso entre estas cuatro paredes, qué más quiero que a un cristiano con quien desatar la lengua? ¿Cree que su sociedad me divierte, sin embargo? No; estoy hablando con usted y estoy pensando en ella, deseando que acabe de comer y que vuelva de una vez. En ese sillón en que usted se encuentra, junto a la cómoda haciéndome algún remedio, parada acá, al lado de mi cama, en alguna parte es necesario que la mire, que la sienta, que la sepa cerca de mí. ¿Sabe dónde duerme? Ahí, sobre el sofá, donde le hago traer y tender un colchón todas las noches, en lugar de dejar que se acueste, la infeliz, tranquilamente en su cuarto y descanse y duerma, lo que buen falta le hace después de haberse pasado una punta de noches en vela y sin desnudarse. Nadie sino ella me ha de tocar, porque nadie sino ella me toca como con almohadillas de plumas en las manos. Cada vez que usted, de comedido y de bueno, se me ha acercado para moverme o ayudarme a cambiar de posición, sólo las consideraciones que le debo han sido capaces de contenerme, impidiendo que lo echara a rodar con cajas destempladas. En cuanto al animal del médico, cuando me estruja y me hurga y me aprieta las heridas como si tuviera entre manos carne de perro o de hospital, le aseguro que me hago una violencia bárbara para no sacudirle un guantón[229]. En fin, mi querido amigo, a la vejez, viruelas, como dicen. Ni yo mismo sé explicar lo que me pasa, cómo he podido contraer este nuevo mal, peor mil veces que mi herida. Es ridículo, absurdo, vergonzoso, indecente, pero es así. Estoy amamantado con Loulou como un muchacho mal criado con su madre, sin ser, bien entendido, un cariño inocente y puro el que le tengo, lejos de eso. La quiero, no porque sea buena y le deba lo que no soy sujeto de pagarle. La quiero porque ella es mujer y yo soy hombre, porque su presencia me enardece, porque su olor me marea, porque su contacto me electriza, ¿entiende? La quiero porque es joven, porque es linda, porque así como usted me ve, tumbado en una cama y con el cuerpo hecho un *ecce homo* [230] , me siento hombre; porque el grito de la carne, un momento sofocado por los gritos del dolor, vuelve a retumbar en mí con más violencia que nunca; porque tengo hambre de ella; porque no conozco a otra mujer que, como ella, sea capaz de calmar el ardor varonil y brutal de mis sentidos, cuya posesión me haga entrever una fuente más inmensa de delicias para apagar las ansias de placer que me estremecen. La quiero irreflexiva, ciega, instintivamente, no por ella —no la querría si fuera picada de viruelas o tuerta— sino por mí y para mí, para mí solo. Y la idea de su pasado, de que eso que es mío ahora ha sido de todos antes, que medio mundo ha metido allí la mano hasta el codo y ha sacado su ración, lo mismo que en un bodrio[231] a la puerta de un convento, me carga y me desespera. Y tengo celos entonces, celos de toda la tropa de sus amantes, celos hasta de usted que la ha conocido primero. Quisiera... ¡qué sé yo!... Que no fuera ella, que fuera otra, verla nacer y crecer de nuevo ante mis ojos para arrancarle yo los secretos de su virginidad, para aspirar el cáliz de su cuerpo de mujer, lejos hasta del aire que los otros respiran, como esas plantas de invernáculo cuyas flores corta y marchita solo la mano egoísta de su dueño. Y tira al cajón de la basura cuando empiezan a oler a viejo.

—Ese es el amor, ni más, ni menos. Está usted enamorado, mi pobre amigo, miserablemente enamorado. ¿Que no lo comprende, dice, que no sabe có-

---

229 *Guantón*: guantazo, golpe que se aplica con la mano abierta
230 *Ecce Homo*: de la frase de frase Poncio Pilatos, después de intentar salvar a Jesús proponiéndole al pueblo liberarlo por ser la Pascua. Representa la condición del nuevo modelo de Hombre que propone el cristianismo, con el dolor, la humillación y la muerte aceptados como parte de la vida
231 *Bodrio*: caldo con sobras de sopa, verduras, mendrugos y legumbres, que se daba a los pobres en las puertas de las iglesias

mo es que le han salido a la vejez viruelas, cómo ha podido adquirir esa otra nana, mil veces peor que su balazo? Y, sin embargo, es bien fácil de explicar. Se encuentra usted ahora en el período álgido, pero, no se equivoque, la enfermedad data de lejos, la tenía en incubación desde hace tiempo, aunque era hebreo para usted, para un ojo medianamente práctico, ciertos signos que no narran, ciertos síntomas típicos y característicos del mal, estaban revelando a las claras su presencia. Los cortes que usted se daba, la soberbia indiferencia que afectaba, sus aires de alfonso perseguido[232], el aburrimiento profundo que mostraba, al lado de la vida en común prolongada sin razón, de las escapadas clandestinas al "país donde florece el naranjo", de gastos descabellados, de veinticinco mil francos tirados en una alhaja, hasta su escepticismo de viejo descreído, el desamor, digo el cinismo, con que hablaba usted de su hijo, fingiendo no creer en él, mientras se le conocía por encima del forro que tenía el convencimiento de que era suyo todo, en fin, en usted, estaba diciendo a gritos que se había dejado cortar el ombligo, que era un hombre muerto. Pero había llegado usted sin trabajo al colmo de sus deseos, fácilmente había obtenido de Loulou todo lo que una mujer como ella podía ofrecer a un hombre como usted. Más aún, pues que, no sólo le había hecho abandono de su cuerpo, sino que le entregaba el alma también. Estaba usted harto de ella y confundía la saciedad con el disgusto. De ahí la falta de conciencia de sus propios sentimientos, la ignorancia de su amor, presente griego de la suerte que, bajo la forma insidiosa de un capricho pueril y pasajero se le había colado traidoramente el corazón para armar en usted una de a pie [233] y prender fuego. Por eso, también, andaba a salto de mata. Hastiado de su querida, buena, linda y fiel pero monótona como las campanas y empalagosa como el dulce con su fidelidad, su belleza y su bondad, con esos ojos la miraba, por lo menos, en busca de otros halagos, de nuevos horizontes que dieran vida a sus sueños, realidad a las ficciones de su mente, entrevistas al través del polvo de oro de sus ilusiones, fue a golpear puertas ajenas y a pedir a la condesa lo que no encontraba en Loulou. Hizo usted lo de esos jugadores de lotería que, cuando un número les da suerte, ya no lo quieren, figurándose que, con otros, se van a sacar la grande. ¡Disparates, mi amigo! en amor no hay suertes grandes. Sus decantadas delicias, sus goces inacabados encerrando otros goces y otros más inmensos, infinitos, arrancados al encanto de sus arcanos insondables, son una farsa, una mentira, invenciones del lirismo humano, do de pecho de los tenores del sentimiento que olvidan que, en achaques de amor lo mismo que de música, para que dure la melodía, hay que empezar *da capo* [234] como en los organitos. Era, entonces, esa su situación cuando lo hirieron. Ha trascurrido un siglo desde entonces. Día por día, hora por hora, ha visto usted a Loulou a la cabecera de su cama, dulce, abnegada, amorosa y, lo que es peor, riquísima. Se diría de veras, que está más linda, que su belleza ha crecido, que se ha desarrollado, adquiriendo una pureza de formas

---

232 *San Alfonso*: (1696-1787) que fue perseguido durante largos años: como teólogo por los rigoristas, y como fundador de los Redentoristas por los regalistas.

233 *Una de a pié*: (fam.) pelea

234 *Da capo*: (it.) desde un principio

más escultural aun, como bañada por la savia generosa de su afecto. La dieta, pues, un poco de ejercicio al aire puro de la gratitud y, sobretodo, la vista de manjar apetitoso, se han encargado del resto, le han dado un hambre canina o, lo que es lo mismo, mucho amor. Esa es su historia.

—¡Será!...

Y después de un momento de silencio, rumiando mis palabras, una idea llevándolo a otra como alambres conductores del fluido intelectual en la red del pensamiento:

—Pero, dígame, ¿qué se ha hecho la condesa? –preguntó.

—Se ha cobijado, según parece, bajo el ala protectora de su señora madre.

—¿Y el marido, cómo sigue, va mejor?

—¿El marido? No se preocupe por él; ese está perfectamente, no tiene ni un dolor de uñas... Hombre... escuche –proseguí pensándolo un instante y resolviéndome bruscamente–, usted se encuentra ya mejorcito, ¿no es verdad? y como, tarde o temprano, tiene que conocer la verdad que le hemos estado ocultando en obsequio a su posición interesante, bien mirado, lo mismo es que se la diga ahora. Sepa, pues, que el conde no fue herido sino muerto por usted. La bala le acertó en el corazón aventándolo de patitas al otro mundo.

—¡Qué dice!

—Como lo oye. El cadáver quedó aquí hasta media noche, los padrinos vinieron a esa hora, alzaron con él y lo dejaron por ahí, en un terreno baldío. Al día siguiente, circulaba por Mónaco y Montecarlo la noticia de que el señor ese se había pegado un tiro, o mejor dicho, dos, por acto propio de voluntad, según lo atestiguaba un papel encontrado en el bolsillo de su paletó.

—¿Y ese papel?

—Había sido escrito por él a prevención y entregado a sus padrinos.

—¡Infeliz!

—¡Así va el mundo, mi amigo; cuando lo derecho y lo justo, ya que de morir se trataba, habría sido que él lo matara a usted! Pero, en fin, no vaya a ponerse a llorar de sentimiento, ni lo tome muy a pecho. Si su hombre ha recibido tras cuernos palos, esas, en suma, no son cuentas suyas, sino, primero, de la mujer, cajera infiel del capital de su marido y luego de la fatalidad que se metió a tercero. En cuanto a usted, mi amigo, ni obligado del paciente, haga lo que Pilatos. Si ha tenido la desgracia de matarlo, lo ha muerto en sus cabales, exponiéndose lealmente a que él le hiciera otro tanto, según manda el Evangelio.

Pero, como quisiera detalles, saber si había habido comentarios, si el conde decía por qué se suicidaba, si él salía a colación, etc., saqué y le entregué un diario de Niza que daba cuenta del asunto y que tenía guardado, desde hacía tiempo, en el bolsillo.

XXVIII

Afuera, había estallado una tormenta, una de esas tormentas bruscas, repentinas, cargadas de electricidad, ilusiones de verano en los inviernos calientes del mediodía.

Sobre las olas embravecidas del mar, semejante a un hervidero de plomo, las nubes, castigadas por el látigo del viento, asomaban a lo lejos en tumulto, en negros pelotones, como soldados envueltos entre el polvo de una derrota.

Remontaban, después, se alzaban al acercarse. Habríase dicho que, viendo a la distancia las montañas, estorbo atravesado en el camino, tomaban a tiempo arranque para pasarlas de un salto.

De pronto, se partían en desgarros luminosos. Las sombras vencedoras del sol agonizante entre los últimos asomos del crepúsculo, cedían a su vez, vencidas un instante por la claridad cruda y fugaz de los relámpagos, enormes fuegos fatuos.

A su brusco resplandor, los árboles azotados parecían agazaparse de intento, dando la espalda al viento y haciéndose chiquitos para aguantar el chubasco, mientras el trueno, saltando de hueco en hueco, rebotando entre las rocas, más remoto cada vez, iba a perderse al fin en el silencio del espacio, como el eco destemplado de las tormentas humanas se pierde en el silencio de los tiempos.

Loulou, parada junto a una de las ventanas del comedor, inmóvil, la mirada perdida en lo infinito, al través de esos millones de vaguedades informes que la sangre en la retina arroja al aire, donde flotan pululando, había dejado caer la frente sobre uno de los vidrios, en los que el golpe de la lluvia sonaba con un ruido precipitado de tambor.

Las formas de su cuerpo, arrebatadas a la sombra por la blanca luz de los relámpagos, traían, por momentos, a la mente el recuerdo de esas melancólicas imágenes de mármol, entrevistas al reflejo de nácar de la luna en los claustros de los cementerios italianos.

Seducido por la ilusión, me detuve un instante a contemplarla. Luego, adelantándome:

—¿Qué haces ahí? –le dije.

—Miraba –me contestó, volviendo como distraída la cabeza.

—¿Mirabas o soñabas?

—Soñaba, si usted quiere. Pero... ¿y Pablo? —agregó dando un paso hacia el dormitorio de éste.

—Está leyendo, hija, déjalo en paz. Tanto más, cuanto no se trata de Pablo ahora, sino de mí. Son cerca de las seis y media, está lloviendo a cántaros, hace una noche de perros, no quiero irme a pie, no tengo coche y tengo hambre. Dame, aunque sea un pedazo de pan y otro de queso, si es que no anda mejor provista tu despensa.

En un momento, tuve sobre la mesa una tasa de *consommé,* pollo asado, *camembert* y, detalle interesante, media botella de Roederer, recuerdo de la condesa, rezago de las campañas eróticas de Pablo, reliquias venerandas para mí de un esplendor pasado:

—Ahora, siéntate aquí, a mi lado, y conversemos. Albricias... tengo una noticia que darte.

—¿Cuál?

—Pablo te adora.

Alzó los hombros con un gesto de impaciencia. Luego, poniéndome la taza de caldo por delante:

—Si no se le ocurre nada más gracioso —me dijo secamente—, que estar haciendo farsa de lo que usted no ignora que es serio para mí, tome y cállese la boca, será mejor.

—¿No lo crees?

—¿Y es usted el que me lo pregunta, usted que sabe cuál ha sido la conducta de Pablo a mi respecto, usted que ha vivido entre los dos, usted que lo ha visto, obcecado por el odio que me tiene, llegar hasta levantar la mano sobre mí, usted en fin, que le ha oído decir a él mismo que me aborrece, arrojándome inhumanamente de su lado?

¡Ah, esa palabra cruel sonaba aún como una maldición del cielo en sus oídos!

Y, agitada a la evocación de sus recuerdos, en una creciente animación:

Pero todo eso no importaba, proseguía; no exigía de Pablo amor en cambio del amor que le tenía; ella lo quería, lo quería tanto, que el exceso mismo de su afecto le bastaba; sentía en su pecho cariño por los dos.

Lo único que le pedía, era que soportara su presencia por algún tiempo aún, que aceptara sus cuidados, que la dejara ir hasta el fin donde su corazón y su conciencia la llevaban.

Había sido desleal, culpable, criminal, la pasión la había arrastrado a cometer una infamia, el desastroso fin del conde, el infortunio de su mujer, cuyo solo delito era haber amado a Pablo, loca, sin duda, ciegamente, como ella misma lo amaba, los horribles sufrimientos de su amante, todo, en fin, caía sobre ella como un mundo para agobiarla bajo el peso atroz de sus remordimientos.

Pero, resignada a su destino, conforme con la suerte que ella misma se ha-

bía deparado, quería expiar su falta, por lo menos, probar a Pablo, a fuerza de
abnegación y de constancia, la sinceridad profunda de su arrepentimiento.

Sí, llegaría a conmoverlo, obtendría su perdón.

Pablo, en el fondo, era bueno, noble, generoso, comprendería todo lo que
ella padecía, la creería digna de lástima, concluiría por mirarla con ojos com-
padecidos, acaso por tenerle un poco de amistad.

Y después, ¡quién sabe!... un último asomo de esperanza no la abandonaba tal vez, lejos, muy lejos, allá, perdido entre las sombras remotas del futuro.

Y, en la visión que su mente acariciaba, empeñándose ella misma en con-
vencerse, se acordaba de novelas que había leído y de dramas que había visto llenos de aventuras, de cosas extraordinarias, en los que el odio más encarnado y más feroz acababa por convertirse en un amor infinito.

¿Por qué no? –llegaba a exclamar– ¡no es imposible!

Pero, bruscamente, entonces, se retraía arrepentida de haber dejado tras-
lucir su pensamiento, con el rostro encendido, como ruborizada de osar, ella,
pretender a tanto.

Y, temiendo que el ridículo saliera de mi boca en un sarcasmo, huyendo
su amenaza, se apresuraba a continuar dando nueva dirección a sus palabras.

No, no sabía lo que se decía, era mucho pedir, era locura aspirar a una
dicha tan inmensa. El corazón de Pablo se había cerrado al suyo para siempre, jamás alcanzaría a vencer su resistencia, una muralla de hielo se alzaba
entre los dos.

Y luego, aun admitiendo que el deber lo vinculara, que un sentimiento
de delicadeza y de altura reatara su albedrío, ¿cómo podría ella aceptar tan
inmenso sacrificio de su parte, cómo condenarlo a arrastrar la cadena de su
amor, a vivir eternamente bajo el yugo odioso de un afecto desdeñado?

¡No, mil veces, no! Su propia dignidad se lo impedía, su orgullo de mujer se sublevaba, sólo a la idea de una bajeza tal.

Era una miserable, es cierto, una mujer corrompida; pero si había sido capaz de degradarse hasta llegar a hacer de su cuerpo un tráfico repugnante, no
alcanzaba su abyección hasta prostituir también sus sentimientos, hasta ex-
plotar la gratitud de su amante, exigiendo de su hidalguía el pago de lo que
no le había vendido.

No, no sería una carga para Pablo, no profanaría jamás la pureza de su
afecto consintiendo en ese pacto humillante y vergonzoso.

Una sola vez había amado, nunca más volvería a amar, su amor era todo
para ella y, aun a trueque de vivir lejos de Pablo una vida de tormentos infinitos, como la hostia se guarda en el sagrario, quería guardar intacta su pasión en lo más profundo de su ser.

¿Con qué derecho se impondría, por otra parte, quién era ella para querer unir su suerte a la de un hombre, el amor rehabilitaba, el mundo olvida-

ba, perdonaba, por ventura?

No, la mujer caída no se levantaba, el fantasma de su vida se alzaba siempre a su lado, la seguía por todas partes como las sombras siguen a los cuerpos.

Era en vano que tratara de redimir su falta en la expiación, de borrar el recuerdo de su pasado refugiada en la virtud.

Su arrepentimiento era comedia, su enmienda hipocresía, cálculo, conveniencia. Su vida toda, sus actos, su conducta se estrellaban sin remedio contra el dardo envenenado de la maledicencia, excitando la risa encubierta de los unos, si el brillo de la riqueza la escudaba, provocando el desprecio brutal y franco de los otros, si una saya de percal vestía su cuerpo.

Todo en ella llevaba fatalmente la marca maldita de su origen; mujer o querida, sepultada entre los muros de su casa o arrebatada por el torbellino del mundo, era siempre lo que antes había sido: fulana la prostituta, la pluma.

Indigna de su amante, ¿de dónde sacaría valor para hacerlo desgraciado, cómo exponerlo a sufrir la burla y el menosprecio de los otros, qué cuenta llegaría a exigirle Pablo de su porvenir destruido, de su vida esterilizada, de su nombre escarnecido?

Porque tal era la justicia de la pena a que el mundo condenaba a las mujeres como ella: no sólo el delito las manchaba, sino que su contacto, como el de los sarnosos, infectaba también a los demás.

Sin vínculos sociales, sin familia, sin hogar reconocido, sin el refugio extremo de un afecto mutuo que consagrara su unión, ¿qué les esperaba más tarde, qué existencia les estaba reservada?

¡Oh! no era por ella que hablaba, no era, de fijo, su suerte la que la preocupaba: si mil vidas hubiera tenido, mil vidas habría cambiado por una palabra, por una mirada, por una caricia sola de su amante.

Pablo, Pablo sólo la alarmaba.

A veces, una fuerza inconsciente, irresistible, obraba en ella. Era un anhelo vehemente de darse toda entera a su amor, de hacerlo más grande aún, más puro, más sublime en un desprendimiento generoso de ella misma. Una obsesión de sacrificio la asaltaba.

Juraba, entonces, renunciar a Pablo para siempre. No era ella, no, la mujer llamada a fecundar su vida, a mitigar sus penas y enjugar sus lágrimas.

¿Qué le podía ofrecer en su abyección?

Un corazón pervertido y seco —eso se diría, por lo menos, eso, él mismo lo creería— en un cuerpo mil veces profanado por la mano torpe de otros hombres.

¿Era, acaso, con esa triste herencia de miserias que tendría la audacia de presentarse a él brindándose a ser suya, a cruzar con él en un concubinato inmoral y vergonzoso el arduo camino de la vida?

Fuera una temeridad en ella y un crimen a la vez.

No llegaban las bendiciones del cielo inmensamente justo hasta donde ella había bajado.

A otra le estaba reservada esa misión, ese bien, esa felicidad infinita, otra mujer debía alcanzarla.

Pablo mismo lo había dicho: "Sacrificaría todo a la condesa, sería su amante, su marido". Sí, lo había dicho con el acento de verdad profunda que sólo la pasión podía haber arrancado de sus labios, aun en medio de las alucinaciones del delirio.

Y bien, sí, que lo hiciera, tenía razón. La otra perdía todo por su causa; justo era que la indemnizase de la pérdida.

¿No se trataba de él, por otra parte, su felicidad no estaba de por medio?

Belleza, amor, posición, nombre, todo le llevaba en dote la condesa. Había delinquido, es cierto, ¿pero su falta qué importaba?

Débil, inconstante, impresionable, educada en la idea de que el amor es el único goce de su vida, su elemento y su dominio; vinculada más tarde a un ser desconocido, indiferente, odioso, muchas veces, por el capricho de una voluntad extraña y superior que, al disponer de ella ciegamente, a quien menos consultaba era a ella misma, ¿qué derecho tenía la sociedad para descargar sus iras sobre la mujer adúltera?

Abandonada por su dueño, sola, entregada sin defensa a los instintos veleidosos de su sexo, viciada por el ejemplo de las otras, un día, cansada al fin de luchar, se dejaba caer estremecida en los brazos del hombre que había puesto en juego todo su poder de seducción, toda su astucia y su fuerza para arrastrarla... ¡Oh! por más que el mundo la fustigara, su conducta era humana, legítima, fatal, como una reconquista sangrienta de sus derechos de mujer y el olvido mismo de sus deberes, un título más al cariño y a la gratitud de su amante.

Sí, sí, Pablo amaba a la condesa, debía amarla y ella no podía, no estaba autorizada a violentar sus sentimientos. No quería ser un estorbo que se alzase entre los dos.

Iría hasta el fin en la tarea que se había impuesto. Mientras Pablo reclamara sus cuidados, mientras el estado de su salud exigiese el auxilio de una mano amiga, estaría pronta siempre a la cabecera de su cama. Después...

¡Oh! después tendría valor para consumar ella misma su propio sacrificio. ¡Se arrancaría el corazón a pedazos, pero sacaría del caudal inagotable de su amor fuerzas bastantes para arrojar a su querido en los brazos de su rival!...

Sí, eso pensaba, eso decía, eso quería en la necesidad tenaz, implacable de inmolarse, en la fiebre de abnegación que llegaba a dominarla.

Pero, bruscamente luego, sólo a la idea de que otra que ella fuera a apagar su sed de amor en los labios de hombre de su amante, estremecida de deleites infinitos al contacto de ese cuerpo, ceñida por esos brazos que tantas veces habían enlazado su desnudez delirante de mujer en el loco frenesí de los sentidos, como el avaro a la vista del ladrón metiendo la mano en sus talegas, todo su ser se sublevaba en un arrebato invencible, su alma estallaba indignada en un grito supremo de rabia y de protesta.

¡No, eso jamás, primero muerto, era más fuerte que ella, no, no podía!...

—He estado oyéndote con religiosa atención, mi hijita – repuse después de haber concluido de mascar con toda calma mi último bocado de *camembert* –, y no te oculto que me has tenido seriamente preocupado. Has dicho tantos despropósitos, has hablado de cosas tan disparatadas, de abnegaciones, sacrificios y otros desatinos tan fuera del tiesto, tan poco en concordancia con la índole de tu afición a Pablo, que ha habido momento, te aseguro, en que he llegado a figurarme que no estabas nada buena de la cabeza. Por suerte, el final de tu cuento me deja completamente tranquilo. Ese arranque último, eso de la rabia y la protesta, me prueba que estás enamorada y no loca. Como el otro, ni más, ni menos. El también quería matarte, si mal no recuerdo, creo que para que te hicieran de nuevo y agarrarte flamante o algo así. Sí, mi hija, por mucho que te quedes con la boca abierta, así es no más. Un vuelco completo, sencillo de explicar, por otra parte, se ha producido en Pablo. Lo ha puesto que quema. ¿Le durará el entusiasmo? No lo sé; pero lo que sí, te repito, lo que sí te puedo afirmar, es que se anda saliendo solo de la vaina. Si no te encontraras en el estado en que te encuentras, te diría, probablemente, que maldito lo que les convienen, ni a ti, ni al otro, estos amores de ultratumba, agregando que harías perfectamente en deshacerte cuanto antes de tu amante, aunque fuera mandándoselo de regalo a tu rival. Así, todavía, sería como habrías de salir perdiendo menos. Pero, en fin, eso no es posible, el muchachito te lo impide y no hay que hacer, ¡las crías obligan! Déjate, pues, llevar por la corriente... ¡a la de Dios que es grande! Ahora, sírveme el café.

XXIX

Las heridas de Pablo iban cicatrizando poco a poco.

En cambio, una erupción se había declarado en él, atacándole con especialidad el tronco del cuerpo.

El aspecto de su piel, salpicada de manchas lisas, chatas, ya redondas, ya ovaladas, de un color rojo apagado y sombrío, esparcidas sin orden en algunas partes, o bien distribuidas en agrupaciones circulares, traía a la memoria el recuerdo de esas caprichosas picaduras del cuerpo de los indios.

En la boca, las mismas manchas se formaban vagas y confusas al principio, alterando los tejidos a medida que se acentuaban y perdían el tinte colorado primitivo, para afectar un color plomo blanquizco, semejante al de la cáscara de huevo de pato.

El paladar, las encías y la lengua se hallaban invadidas también.

De la faz interna de los labios, otras ulceraciones arrancaban en arcos truncos de círculos en fragmentos de líneas curvas, llegando hasta cruzar por encima los bordes libres donde después de trasudar un líquido amarillento y viscoso que manchaba la ropa de gris como serosidad de un cáustico, dibujaban gruesos festones de costras negras.

La garganta era un foco: sobre su fondo inflamado, las lesiones aparecían numerosas y profundas, coincidiendo con una hipertrofia tal de las amígdalas, que la deglución de alimentos sólidos se hacía imposible.

Pablo se quejaba además de fuertes dolores, de puntadas agudísimas que sentía hasta en las orejas y el pescuezo, cuyos dos lados, a la altura de la mandíbula inferior, se habían puesto enormes de hinchados y de duros.

El aliento, sobretodo, era de una fetidez inaguantable.

Solo con el médico:

—¡Pero qué diablos puede haber!, doctor –le pregunté–, ¿por qué este hombre no se cura?

—Lo que hay –me contestó brutalmente con el gesto impaciente del experto que se ve obligado a confesar su error–, es que he sido llamado aquí para curar una herida de bala y no barros de polvos viejos, que su amigo tiene la sangre envenenada, que corre por sus venas el virus ponzoñoso de la sífilis constitucional. Eso es lo que hay.

Y, como leyera en mi semblante la sorpresa que sus palabras me causaban:

—¿Se asombra usted, no es verdad, un individuo joven y robusto, cree que es imposible, absurdo lo que le digo? Así el exterior engaña, así inducen en error las apariencias. Fuerza, vigor, salud, todo se ve reunido en ciertos hombres, hasta exceso, plétora de vida parece que hay en algunos, se diría que el tiempo mismo fuera impotente de quebrar la resistencia de sus constituciones de fierro. Son esas plantas exuberantes de savia cuya corteza tersa y dura parece desafiar hasta el filo del hacha que las parte, mientras tiene el corazón podrido, taladrado por bichos que las devoran. Aquí, el taladro, el gusano roedor se llama sífilis. Tal es el caso de ese joven. La enfermedad latente en él, minándolo sordamente, haciendo un trabajo oculto de zapa en su organismo tarde o temprano habría acabado por estallar. Hoy, la herida ha precipitado su explosión. El desorden traumático, revolviendo los humores, la ha arrojado a la superficie como la agitación de las aguas pantanosas levanta el barro nauseabundo que fermenta en su fondo. Debo prevenir a usted, por otra parte, que esa desgraciada mujer y que usted mismo se encuentran en peligro. Los últimos accidentes producidos, esas lesiones que ha visto en la boca y la garganta, son el agente más poderoso de infección que se conozca, el que más contribuye a perpetuar el vergonzoso mal, propagándolo en el matrimonio y fuera de él. No basta, en efecto, que el contacto inmediato lo inocule. Un simple descuido puede así mismo transmitirlo, un objeto cualquiera que haya servido a la persona atacada, un vaso mal lavado, por ejemplo, en el que la aplicación de los labios del enfermo haya dejado restos del líquido virulento. Tenaces, obstinadas, persistentes, desapareciendo un momento, reapareciendo después, cuando se creen extinguidas ya, son tanto más temibles y más graves, cuanto la enfermedad encuentra siempre en la naturaleza humana un terreno desgraciadamente fecundo para desarrollarse y crecer, cualesquiera que sean la edad, el sexo y el temperamento. Mi carácter de médico y los deberes que sobre mí pesan como tal, me ponen en el caso de hablar a usted de estas cosas, de decirle la verdad, de hacerle conocer el riesgo a que usted y principalmente esa señora están expuestos, a fin de que puedan evitarlo, en la inteligencia de que todas las precauciones que lleguen a tomar son pocas.

Vuelto de mi sorpresa necesité un buen momento para hacerme cargo de lo que el médico acababa de decirme.

Reliquias de tiempos pasados, pensé después, de recuerdos dulces de una edad feliz.

Y los gratos solaces de la juventud porteña, las calles de Libertad, Temple y Corrientes, las academias de la Opera, el café de Pancho *ed altri sitti* se me vinieron entonces a la memoria.

¡Cuántos habremos así!

XXX

Ver a Loulou, sacarla de la santa ignorancia en que vivía, decirle que pusiera a Pablo en cuarentena, sí, debía hacerse, era un deber de conciencia.

Pero encargarme yo del mensaje me costaba.

Era algo como avenirme a tocar una cosa muy sucia; algo que rechazaban mis instintos de varón:

—¿Y por qué no sería usted mismo el que hablara a la señora, doctor? –insinué al médico?–. Su palabra es más caracterizada que la mía.

No habiéndome hecho objeción, llamé a Loulou.

El punto fue abordado con delicadeza y con finura, pasando como a flor de agua por encima, subentendiendo, más bien que entrando en materia.

Pero, como ella abriese cada ojo tamaño, acusando así no atinar a comprender perfectamente, el médico se hizo naturalista y le puso los puntos sobre las íes.

XXXI

A pocos días, una mañana estaba haciéndome la barba, cuando ocho o diez golpes fuertes y seguidos sonaron en la puerta de mi cuarto.

Era el portero de Pablo con una carta que decía así:

"Loulou se muere.

"Mándeme al médico inmediatamente y venga usted.

"Estoy desesperado."

—¡Malhaya sea con la gente impertinente esta, que ni morirse sabe sin jeringar al prójimo!– Exclamé envainando con rabia la navaja.

Lo que no impide que, con media cara afeitada y la otra no, saliese muriendo, pescase al médico por casualidad en la puerta de su casa y lo enderezara a escape a lo de Pablo, donde caíamos diez minutos después.

Desde la puerta de calle, oímos los gritos de Loulou retorciéndose como una condenada, presa de dolores espantosos.

Pablo, fuera de sí, caminaba de un lado a otro o, más bien, se arrastraba penosamente sobre sus piernas con el gesto azorado del que acaba de cometer un crimen, o se encuentra en presencia de una gran desgracia sucedida por su causa.

El, tan bravo y tan hombre frente a la muerte, se desesperaba ahora amilanado y cobarde.

Pálido, de esa palidez marchita y sucia que la enfermedad imprimía a su tez, demacrado y escuálido, las facciones alteradas, los ojos desencajados, la mirada estúpida, llevábase las manos crispadas a la cabeza, de la que mechones enteros de pelo se desprendían quedándosele entre los dedos.

Daba asco verlo y lástima a un tiempo.

Lo saqué de un brazo al comedor, mientras el médico prestaba sus cuidados a Loulou:

—Siéntese y tenga calma. Veamos ¿qué es lo que ha sucedido? Cuénteme.

Incapaz al principio de articular una palabra:

—Vaya, le ruego, a ver cómo se encuentra –me dijo con un gesto suplicante, después de un rato de silencio turbado por el soplo de su resuello pesado y trabajoso.

Así lo hice, yendo a entreabrir la puerta del cuarto donde se hallaba Loulou.

A la violencia de la crisis, un abatimiento había seguido.

Tendida de espaldas, el pelo suelto y desgreñado, los ojos clavados en el techo, el seno abierto, el vestido arremangado, las piernas separadas, el brazo izquierdo caído fuera de la cama, habríase dicho una muerta, una víctima de alguno de esos dramas terribles del amor, a no ser por el eco de sus quejidos, por un ¡ay! prolongado y lastimero que débilmente exhalaba su garganta en un sacudimiento intermitente de sus miembros.

El médico, impasible, se había inclinado sobre ella. La palpaba:

—¿Y bien? –le pregunté despacio.

—Nada puedo decirle aún.

—¿Necesita de mí?

—Por el momento, no.

Volví de nuevo a juntarme con Pablo:

—Va mejor. Los dolores han pasado y descansa en este momento. No se aflija pues; al último no ha de ser nada. Pero, dígame –insistí–, ¿qué es lo que ha habido?

Y me hizo entonces una historia que tanto quería decir como esto:

Se hallaba sobre el sofá de su cuarto, habiéndose levantado ese día por primera vez.

Loulou, en frente, cosía sentada cerca del balcón.

Una nube de tristeza oscurecía su rostro, apagando en el brillo de la dicha que anima y da vida a la belleza. Pero, en cambio, mil veces más linda todavía, bañado su semblante por esas sombras vagas de la melancolía que son para la mujer como el encanto misterioso que engalana a la naturaleza en las noches de luna, Pablo la miraba absorto y subyugado: era la fuerza invencible del amor, el magnetismo de la carne, la atracción de la mujer, que hace estallar la chispa o el incendio.

La miraba sin poder apartar de ella la vista.

Miraba su cabeza inclinada sobre el pecho, los ojos velados a medias por los párpados, y enardecido, devorado de deseos, febriciente, le parecía verla entonces entrecerrándolos en las delicias sin fin de un amoroso abandono; miraba su boca llamando besos; miraba la redondez altanera y firme de su seno acariciado por el ritmo suave de su respiración; miraba su pie delgado y chico levantando un pedazo de pollera, mostrando el nacimiento de una pierna deliciosamente modelada.

Luego, la mirada de Pablo penetraba al través de las ropas de su amante, subía, la registraba.

Era el color de su carne, ese rosado mate y velloso del damasco, la pulpa maciza de sus muslos, el contorno elegante de sus flancos, la curva soberbia de su vientre.

Y sentía entonces un calor, un fuego que le subía, como bocanadas de un horno quemándole la cara: la sangre se agolpaba a su cabeza, le martillaba la sien, le inflamaba los ojos, hacía zumbar los oídos y, en la vibración vertiginosa de sus nervios, una idea loca, insensata lo asaltaba.

¿Arrojarse sobre ella, agarrarla, oprimirla, poseerla?

No, eso era poco.

Habría querido más todavía: fundir en su propio cuerpo el cuerpo de su querida, hacer uno solo de los dos, mezclar su vida con la de ella, absorberla toda entera en un dominio supremo y ser él el que sintiera lo que ella debía sentir, arrebatarle su parte de deleites, duplicando así la suya.

Pero una emoción insólita, inexplicable lo embargaba. Tenía un nudo en la garganta. Las piernas se le doblaban en un temblor.

¡No se atrevía, no podía!

¿Por qué su amante le imponía, por qué llegaba a intimidarlo así?

¿No había sido suya cien veces?

¿De dónde, pues, su temor, su sobresalto, esa agitación extraña y repentina de que se veía acometido cerca de ella?

¿Los estragos del mal habían hecho de él un ser inútil, la sombra miserable de un hombre, o era que verdaderamente la quería y el amor, posesionándose de su ser, lo volvía irresoluto y cobarde hasta infundirle los terrores pueriles de un adolescente en presencia de la mujer?

Y, avergonzado y confuso a la vez, herido en su orgullo de hombre, pugnaba por reaccionar contra esa timidez vana y ridícula de niño, en un esfuerzo violento sobre él mismo.

—Ven y siéntate aquí a mi lado –pudo decirle, al fin, con voz ahogada y balbuciente.

—¿Qué quieres?

—Más cerca, más todavía.

Y, como tratara de abrazarla, avanzando la cara para darle un beso:

—No, déjame, después... –exclamó Loulou volviendo la cabeza y desprendiendo su cintura del brazo con que Pablo la tenía enlazada.

—¿Por qué después, mi hijita? –repuso éste suplicando, seca la boca, la lengua empastada–. ¡Ahora, ahora mismo, ven!

—No, no quiero, te va a hacer mal, estás débil todavía, después –insistió, mientras un gesto mal disimulado de disgusto asomaba, a pesar de ella, en la expresión de solícito interés que se esforzaba por dar a su semblante.

Fue entonces una lucha, un pugilato entre los dos.

El, enardecido, inflamado de bestial concupiscencia, exasperado más y más por la resistencia inesperada que encontraba, recobrando toda su audacia y todo su aplomo de hombre en la embriaguez, que el olor y el contacto de ese cuerpo de mujer le producían, como el vapor acre de la sangre y el ardor de la pelea da coraje a los cobardes.

Ella, debatiéndose desesperada, locamente.

No era ya una vaga aprensión lo que sentía, un alejamiento, una retracción inconsciente que la llevaba a rehuir las caricias de su amante. Un sentimiento profundo de repulsión y de horror la dominaba ahora, un empuje ciego, invencible de su instinto la obligaba a defenderse de aquel hombre como de una víbora que, enroscándosele en el cuerpo, hubiese querido encajarle su diente envenenado.

Un momento, incapaz de prolongar su resistencia, extenuada, jadeante, se dejó ir sobre el sofá.

Fue una tregua.

Pablo, invadido él también por el cansancio, sin soltarla, respiró a su vez. Luego, con los ojos revueltos de lujuria, rabiosamente se echó sobre ella.

Al sentir el roce de aquella boca enferma, como al contacto de la baba negra de un pulpo que se le hubiera prendido de los labios, un grito indecible de asco salió de su garganta y atiesándose toda entera en una convulsión suprema de mosca presa entre las telas de una araña, logró quitarse de encima a su querido, arrojándolo de golpe a un lado y huyendo despavorida hacia la puerta. Este, ensañado, furioso, ciego la siguió, llegando a agarrarla del vestido antes de que ella hubiese hecho girar el picaporte.

La lucha continuó entonces más viva, más encarnizada entre los dos. Sacando aliento del torrente artificial de vida que la pasión derramaba sobre él en aquel instante, fuerte de la fuerza de su fiebre, Pablo, al fin, abrazó de la cintura a su querida, la alzó y corrió con ella. Deshecha rendida, inerme, la tenía apretada ya contra el filo del colchón, pero bruscamente, llegando la cama a resbalar sobre sus ruedas, Loulou cayó de espaldas al suelo, sufriendo en el golpe todo el peso del cuerpo de su amante, que largo a largo cayó sobre ella.

Se oyó un ¡ay! ronco, algo como un ruido de estertor.

Pablo, implacable, iba a consumar, sin embargo, el acto salvaje de violencia, cuando un terror lo acometió: su apetito brutal iba a saciarse en un cuerpo inerte y frío, creyó tocar un cadáver, profanarlo.

Entonces, loco de dolor, desaforado, salió pidiendo a gritos auxilio. A su voz acudió el portero y entre ambos levantaron a Loulou y la acostaron desmayada sobre la cama, poniéndole en la cara un pañuelo empapado de vinagre... *Le mot de la fin?*

Un momento después se mostraba el médico en la puerta del comedor con las mangas de la camisa arremangadas y manchadas de sangre:

—¿Y bien, Doctor?

—La madre se ha salvado.

XXXII

M e encontraba yo en París y empezaba a hacer fecha de todo esto, cuando volví a ver a mis amigos.

Acababan de llegar. Él me la mandaba a pedirme que fuera a visitarlo.

Quebrantada y marchita. El soplo ardiente de la pasión había pasado por aquella alma; el dolor que labra había dejado su huella honda en aquella frente.

Quebrantada y marchita, pero más linda aún en su quebranto, como la flor que, arrancada de la planta, inclina el tallo embriagando con los efluvios de su aroma:

—Estás flaca, hija y *défraîchie,* exclamé subiendo ambos al carruaje. –Se conoce que has andado mal.

Me contestó con un movimiento de hombros como hubiera podido decir, ¡bah!

—¿Cómo va tu hombre, proseguí, ha sanado de sus males?

—No, sufre siempre.

—¿Y tú, qué has hecho de tu amor, lo conservas, quieres todavía?

—Ayer como hoy, daría mi vida por Pablo.

—Entendámonos. Hay muchas maneras de dar uno su vida por otro. Se da por un amante, pero se da también por un amigo. Aquí, entre los dos, ¿qué es Pablo tuyo hoy, tu amigo o tu amante?

—Mi amante o mi amigo, es un ser desgraciado, un ser que sufre, que necesita quien lo ayude y lo consuele, al que me ligan vínculos que no quiero ni puedo romper, a quien me he jurado consagrar y del que nada ni nadie sería capaz de desprenderme. No me pregunte más, no sé yo misma ni quiero saber sino eso.

—Como no quieren saber los parientes del difunto. Hablar de él entristece y joroba. Por eso le echan una capa de tierra sobre el cuerpo y otra de olvido sobre el alma. Es lo que te pasa a ti con tu amor. Se te ha muerto, lo has enterrado y a otra cosa. Podrías, *au besoin* [235], ponerle en el epitafio que lo mató una indigestión. Pero, así como de la tierra de los sepulcros, gorda de podredumbre, brotan esas plantas robustas que las cubren de verde y de fresco con su sombra, de la sepultura de tu amor –que en paz descanse–, viva, lozana y pura ha brotado tu amistad. Sí, mi hija, es eso lo que ahora sientes por Pablo.

235 *Au besoin*: (fr.) en la necesidad

Eres su amiga, no su querida. Si así no fuera, no palpitarían en tus labios palabras generosas, no estarías pronta a dar todo para no recibir nada en cambio,
a perder tu tiempo en curar lacras ajenas, en soportar cara a cara la vista de
un cuadro inmundo de miserias, tú joven y linda, tú que no habías hecho otra
cosa hasta ahora que desflorar los placeres de la vida, como salta de rama en
rama y picotea el pájaro las frutas que encuentra en sus volidos caprichosos.
No, de fijo, no es el amor el que te inspira. Material y ruin, ese se mantiene de
carne, el sensualismo le da vida. Pregunta al poeta si llega su atrevimiento hasta hacer de Romeo un Cuasimodo o un leproso; dile que vista de bruja a su
Desdémona y que nos venga a contar después que Otelo la mató de celos...
¿Qué dura? ¡Mentira! La sociedad y el disgusto, lo matan como matan el hambre. Es ave de paso por el corazón. Hace lo que las golondrinas. Nos visita, está en nosotros y se queda, mientras el calor de las ilusiones lo detiene; se va en
cuanto empiezan a picar los primeros fríos del desencanto. Es lo que te ha sucedido a ti. ¡Qué amor ni qué niño muerto vas a tenerle tú a Pablo, muchacha, cuando el alma se te ha caído a los pies, cuando no ves en él a un hombre
sino a un desgraciado que da lástima! ¡Oh! no te acuso, no te hago un crimen
de la cosa, no es cuestión de sentimientos esta, sino de estómago, ¿y es acaso
tuya la culpa si tus padres te echaron al mundo munida de ese aparato esencial? Otra en tu caso y especialmente otra como tú, no habría tenido *rien de
plus pressé* [236] que de *lâcher*[237] al señor don Pablo sobre tablas, agarrando sin
más vueltas la calle del medio. Tú has preferido ponerte bien con tu conciencia y te quedas y lo asistes y lo cuidas y te sacrificas por él. Eso prueba que eres
una prójima decente digna del aprecio ajeno, que la fibra más delicada y más
noble del corazón humano sabe vibrar en tu pecho, que hay en ti paño de amiga, lo que no se encuentra al volver de cada esquina, hija, en este mundo canalla. Sufre que te dé un beso en la frente.

Y llegamos.

236 *Rien de plus pressé*: (fr.) nada más urgente
237 *Lâcher:* (fr.) dejar, abandonar

XXXIII

Tuve un mal trago, adentro.

Flaco, macilento, encorvado como un viejo, sin pelo, el pescuezo hincha-
do, la piel arrugada y seca, la respiración ronca, la mirada muerta, mostrando en el rostro y en las manos, más profundas cada vez las huellas que la enfermedad iba dejando, veinte años habían pasado en pocos meses por la vida
de aquel hombre joven, vigoroso y lindo.

Al verlo:

—Sabe que lo encuentro muy bien, es otro usted, exclamé como dándo-
le un caldito.

—Así me dice Loulou, pero a mí me parece lo contrario; esto, repuso tris-
temente, señalándose la cara, y este otro, siguió mirándose las manos...,
¡hum!..., algo serio debo tener en la sangre yo, no me siento nada bien.

—Y qué, ¿quiere sanar de golpe, le parece chica broma la que le ha caído encima, un balazo tremendo como el que le pegaron? ¡Claro que esas cosas no se curan como con la mano y que es necesario dar tiempo al tiempo!
Pero ya verá cómo, con paciencia y baraja ha de salir a la orilla al fin. Entre
tanto, ¿qué piensa hacer? Aquí no es bueno que se quede, la comida de *hôtel*
no es para enfermos, ni se ha de poder asistir bien usted sino en su casa. Haga lo siguiente: tómese un *appartement* o, más bien, una casa entera para usted solo por las alturas del *Parc Monceau*. Allí los dos con Loulou van a estar
como gobierno. Tendrá el aire del parque donde podrá ir a dar sus bravos pa-
seos, y, lo que es mejor y más sólido, puchero criollo y asado a la parrilla, que
es lo que le hace falta para ponerse otra vez gordito y buen mozo. Allí, siquiera, pensaba a medida que iba hablando, vivirás sin andar dando que decir y
sin exponerte a que el día menos pensado te echen de menos. ¿Qué le parece
la idea, acepta?

—Sí, no me parece mala, pero, ¿adónde diablos voy a buscar casa yo ahora?

—Si no es más que eso, yo me encargo de encontrársela.

XXXIV

Siguió mi consejo y, cayendo y levantando, se aguantó unos meses.

Eran dolores intensos, en desgarro, por la frente, la nariz y las mejillas, puntadas en el globo de los ojos. Se le querían saltar, decía, como si una rueda le apretara la cabeza.

Una vez, al despertarse, se encontró sumido en una oscuridad profunda y pidió a gritos que le abrieran las ventanas: estaba ciego.

Poco a poco, sin embargo, los dolores cedieron, se calmaron; las pupilas inmóviles y dilatadas, llegaron de nuevo a contraerse y volvió a ver.

Fue una tregua; una mejoría pareció entonces anunciarse, la tos sólo, una tos ronca y convulsa lo mortificaba, por momentos, sacudiéndolo todo entero como al contacto de una pila.

Luego, bruscamente, chuchos violentos lo atacaron seguidos de un calor seco y de una sed ardiente.

Sin que se produjeran otros síntomas, este estado persistió por algún tiempo. Los días y las noches se sucedieron, en seguida, sin reposo y sin sueño. El apetito era nulo, el estómago se negaba a soportar los alimentos, los vómitos acometían en medio de calambres espantosos.

Agua, agua siempre era lo que pedía.

Entretanto, la consunción lo iba extenuando más y más.

Ya la fiebre lo quemaba, ya un frío mortal lo tenía helado horas enteras. Habríase dicho el contacto de un cadáver.

Los mismos dolores en la cabeza reaparecieron más tarde, agudos y persistentes, repercutiendo como un eco en las otras regiones de su cuerpo.

La misma ceguera repentina volvió otra vez a sumergirlo en tinieblas, turbia la vista como vidrio sucio, las pupilas enormes de ensanchadas.

Después, un marasmo completo sobrevino, el cuerpo todo afectó un tinte terroso, cantidad de petequias[238] lo salpicaban parecidas a las marcas que dejan en la piel las picaduras de las pulgas, los párpados cayeron pesada, obstinadamente, como la tapa de un cajón de plomo sobre el cadáver de aquellos ojos, el pulso se hizo filiforme, el resuelto estertoroso, bruscamente entrecortado por un hipo de agonía.

238 *Petequia*: mancha rojiza en la piel que suele acompañar procesos infecciosos generalizados

El veneno implacable acababa su tarea... postrado, inconsciente, inerte, sin saber, sin sentir, sin sufrir, como un montón de materia muerta ya, dejó de vivir al fin...

¿Y Loulou? se les ocurre, acaso, preguntar.

Hizo lo que hacemos todos. Lloró mucho, se afligió bastante y se pasó una época sin ir a ninguna parte porque no tenía humor para nada.

Luego, el tiempo secó sus ojos empapados como el sol seca la tierra después de un aguacero fuerte, y hoy revista de nuevo en el batallón de Citerea[239] como horizontal de marca.

Allá, una vez al año, el día de difuntos, suele ir al cementerio a desyugar una sepultura, es decir, guarda un recuerdo en su alma, tiene en ella un rincón donde no entran sus visitas.

239 *Citerea*: isla, según la mitología, consagrada a Venus, diosa del amor, ya que allí fue adonde los Céfiros la llevaron después de su nacimiento.

Thank you for acquiring

MÚSICA SENTIMENTAL

This book is part of the
Stockcero Spanish & Latin American Studies Library Program.
It was brought back to print following the request of at least one hundred interested readers –many belonging to the North American teaching community– who seek a better insight on the culture roots of Hispanic America.

To complete the full circle and get a better understanding about the actual needs of our readers, we would appreciate if you could be so kind as to spare some time and register your purchase at:
http://www.stockcero.com/bookregister.php

The Stockcero Mission:
To enhance the understanding of Latin American issues in North America, while promoting the role of books as culture vectors

The Stockcero Spanish & Latin American Studies Library Goal:
To bring back into print those books that the Teaching Community considers necessary for an in depth understanding of the Latin American societies and their culture, with special emphasis on history, economy, politics and literature.

Program mechanics:
- Publishing priorities are assigned through a ranking system, based on the number of nominations received by each title listed in our databases
- Registered Users may nominate as many titles as they consider fit
- Reaching 5 votes the title enters a daily updated ranking list
- Upon reaching the 100 votes the title is brought back into print
  You may find more information about the Stockcero Programs by visiting www.stockcero.com.